Boeken over Bram:

Het leven van een Loser (deel 1)

Vette pech! (deel 2)

Bekijk het maar! (deel 3)

Een hondenleven (deel 4)

Niet te doen! (deel 5)

Geen paniek! (deel 6)

Zwaar de klos! (deel 7)

Jouw leven als Loser

HET LEVEN van een Loser

ZWAAR DE KLOS!

door Jeff Kinney

De Fontein

MIX
Papier van verantwoorde herkomst
FSC® C014496

www.graphic-novels.nl
www.hetlevenvaneenloser.nl

De Nederlandse Kinderjury 2014

Oorspronkelijke titel: Diary of a Wimpy Kid - *The Third Wheel*
First published in the English language in 2012 by Amulet Books,
an imprint of ABRAMS, New York

Voor deze uitgave:
© 2013 Uitgeverij De Fontein, Utrecht
Vertaling: Hanneke Majoor
Omslagafbeelding en illustraties: Jeff Kinney - Wimpy Kid Inc.
Omslagontwerp en grafische verzorging: Hans Gordijn

ISBN 978 90 261 3407 4
NUR 283, 284

VOOR GRAM

Zondag

Ik wou dat ik al veel eerder met mijn logboek was begonnen, want degene die uiteindelijk mijn biografie gaat schrijven zal wel een heleboel vragen hebben over de jaren vóór de brugklas.

Gelukkig herinner ik me nog bijna alles wat me sinds mijn geboorte is overkomen. Ik weet zelfs nog wat er VOOR mijn geboorte is gebeurd.

Dat was de tijd waarin ik in m'n eentje een beetje rondzwom, achterwaartse salto's maakte en kon slapen wanneer ik maar wilde.

Maar op een dag, midden in een lekker dutje, werd ik wakker gemaakt door vreemde geluiden van buiten.

Ik snapte er toen natuurlijk geen hout van, maar later heb ik begrepen dat mam via een paar speakers op haar buik muziek voor me draaide.

Ik denk dat mam dacht dat ik een of ander genie zou worden als ze voor mijn geboorte elke dag klassieke muziek voor me draaide.

Er zat ook een microfoon bij die speakers, en als mam geen muziek draaide, zat ze te vertellen hoe haar leventje eruitzag.

En als pap uit zijn werk kwam, moest hij van mam uitgebreid over ZIJN dag vertellen.

Maar dat was nog niet alles. Mam las me ook elke avond voordat ze ging slapen een halfuur voor.

Het probleem was dat mijn slaapschema totaal niet aansloot bij dat van mam. Dus als zij sliep, was ik juist klaarwakker.

Toch wou ik maar dat ik een beetje beter had opgelet toen mam me voorlas.

Vorige week hadden we een onverwachte overhoring over een boek en ik had het nog niet gelezen. Ik wist zo goed als zeker dat mam dat voor mijn geboorte aan me had voorgelezen, maar ik kon me de details niet meer herinneren.

Ik denk dat ik het te druk had met iets anders toen mam dat boek voorlas.

Het stomme is dat mam die microfoon helemaal niet NODIG had. Ik kon haar zo ook wel horen.

Ik bedoel, ik zat BINNEN IN haar, dus ik hoorde elk woord dat ze zei, of ik dat nou wilde of niet.

Ik kon ook bijna ALLES horen wat er buiten gebeurde. Dus als pap en mam klef gingen doen, moest ik DAAR ook naar luisteren.

Ik heb me NOOIT op mijn gemak gevoeld als mensen flikflooien waar ik bij ben, ZEKER niet als het mijn ouders zijn. Ik probeerde ze te laten stoppen, maar de boodschap kwam niet aan.

Wat ik ook deed, het leek alles alleen maar erger te maken.

Na een paar maanden was ik het zo zat, ik móést er gewoon uit, en daarom werd ik drie weken te vroeg geboren. Maar eenmaal in de koude lucht en het felle licht van de verloskamer, wou ik dat ik lekker was blijven zitten waar ik zat.

Ik had een ontzettend slaaptekort en een heel slecht humeur. Dus als je ooit nog eens een foto van een pasgeboren baby ziet, dan weet je nu waarom ze altijd zo kwaad kijken.

Eigenlijk heb ik de gemiste slaap nog STEEDS niet ingehaald, en geloof me, dat heb ik echt wel geprobeerd.

Ik probeer mijn hele leven al dat gevoel van lang geleden terug te halen, toen ik zo gelukkig als wat in het donker ronddreef.

Maar als je met vier andere mensen in één huis woont, komt er altijd wel een of andere idioot voorbij die alles verpest.

Ik leerde mijn oudere broer Rick een paar dagen na mijn geboorte kennen. Tot op dat moment dacht ik dat ik enig kind was, dus ik was wel teleurgesteld toen ik erachter kwam dat dat niet klopte.

We woonden toen nog in een heel klein flatje en ik sliep met Rick op een kamer. Hij had het ledikant, dus ik moest de eerste paar maanden van mijn leven in de bovenste la van het kastje slapen. Ik weet bijna zeker dat dat niet eens legaal is.

Uiteindelijk haalde pap zijn werkspullen uit de kamer die hij als kantoor gebruikte en maakte er een kinderkamer van. Ik kreeg het oude ledikant van Rick en hij kreeg een nieuw bed.

Bijna ALLES wat ik in die tijd had, was een afdankertje van Rick.

Tegen de tijd dat ik iets kreeg, was het versleten of zat het onder het kwijl.

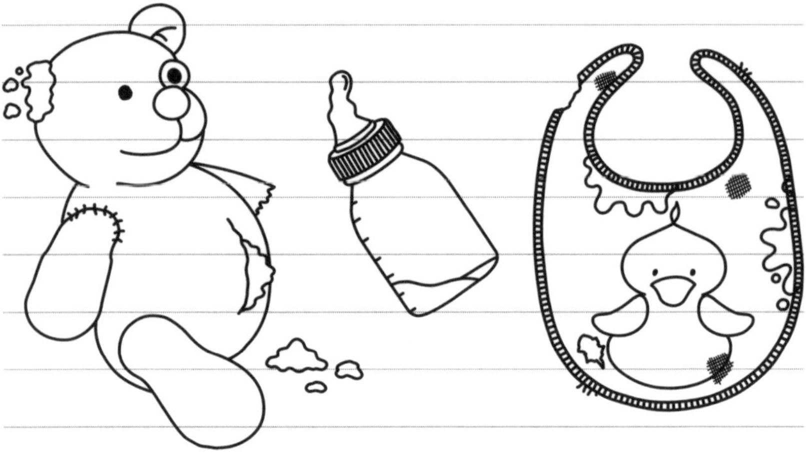

Zelfs mijn SPEEN was een afdankertje van Rick. Maar ik denk niet dat hij die zelf al op wilde geven, wat meteen verklaart waarom hij nooit erg dol op me geweest is.

We waren heel lang met z'n vieren, maar op een dag vertelde mam me dat ze nog een baby kreeg. Ik was blij met die waarschuwing, want nu kon ik me voorbereiden.

Toen mijn kleine broertje Max er eenmaal was, vond iedereen hem zó schattig. Maar wat ze er niet bij vertellen, is dat baby's een zwart stompje op hun navel hebben, waar de navelstreng is afgebonden.

Uiteindelijk droogt dat stompje uit en valt eraf en dan heeft de baby een hele normale navel over. Het probleem is alleen dat niemand ooit het stompje van Max heeft GEVONDEN. En tot op de dag van vandaag ben ik bang dat het nog ergens op zal duiken.

Toen ik net was geboren, zette mam me elke dag een uur voor de tv om naar leerzame video's te kijken.

Ik weet niet of die video's me echt slimmer maakten, maar ik was in ieder geval slim genoeg om uit te vogelen hoe ik iets op kon zetten waar ik ZELF naar wilde kijken.

Ik ontdekte OOK hoe ik de batterijen uit de afstandsbediening moest halen, zodat niemand die leerzame video's weer AAN kon zetten.

Maar als baby is je actieradius niet zo groot, dus ik kon die batterijen maar op één plek verbergen.

Ik denk dat mam me meer rond had moeten laten kruipen toen ik klein was, want ik liep fysiek enorm achter op de andere kinderen in mijn babygroep. Zij konden al rechtop zitten en de bank op en af klimmen toen ik mijn hoofd nog niet eens van de grond kon krijgen.

Toen kocht mam op een dag 'Baby's Avontuurlijke Looptrainer' voor me, en dat was de allereerste keer dat ik iets kreeg wat niet eerst van Rick was geweest.

Die looptrainer was FANTASTISCH. Er zaten een miljoen snufjes op om jezelf mee te vermaken, plus een bekerhouder.

Maar het allerfijnste was dat ik nu overal kon komen zonder dat ik echt hoefde te LOPEN.

Als ik in mijn Avontuurlijke Looptrainer zat, voelden al mijn vriendjes in de babygroep zich echt sukkels, dat kon ik zo zien.

Maar toen las mam in een of ander tijdschrift voor ouders dat het een slecht idee was om kinderen een looptrainer te geven, omdat ze dan niet de juiste spieren ontwikkelen om zelf te leren lopen. Dus bracht mam de looptrainer terug naar de winkel en was ik weer terug bij af.

Het duurde even, maar uiteindelijk leerde ik lopen. En voor ik het wist, zat ik in de peutergroep.

Ik hoopte dat ik voor zou lopen op de andere kinderen, vanwege alle moeite die mam had gedaan met de klassieke muziek en de leerzame video's, maar de andere moeders hadden dat vast ook allemaal gedaan, want de concurrentie in de peutergroep was moordend.

Ik bedoel, daar zaten kinderen die al wisten hoe ritsen en knopen werkten, terwijl ik met moeite mijn wanten uit kon doen zonder hulp van een groot mens.

Een paar kinderen in de groep konden hun naam al schrijven en een of twee konden zelfs al helemaal tot vijftig tellen.

Ik wist dat ik ze toch niet bij kon houden, dus ik besloot het anders aan te pakken en de anderen af te remmen door ze verkeerde informatie te geven.

Dat plan had alleen het tegenovergestelde effect, want de leidster zei tegen mijn moeder dat ik meer moeite had met kleuren en vormen dan de andere kinderen. Maar mam zei dat ik heel slim was en dat het probleem waarschijnlijk was dat ik niet genoeg werd UITGEDAAGD.

Dus mam haalde me uit de peutergroep en stuurde me een jaar te VROEG naar de kleuterklas. Dat was een rampzalige beslissing.

De kinderen in de kleuterklas leken wel REUZEN en ze konden van alles, zoals knippen met een schaar en binnen de lijntjes kleuren.

Vóór de eerste dag in de kleuterklas om was, moest de juf mijn moeder bellen om me te komen halen.

De volgende dag bracht mam me weer naar de peutergroep en vroeg of ik terug mocht komen. Ik hoop maar dat je academische prestaties je niet levenslang achtervolgen, want het zou wel eens moeilijk kunnen worden om later een goede baan te krijgen als mensen erachter komen dat ik ben afgehaakt op de kleuterschool.

Maandag

Blijkbaar heeft mam besloten dat alles wat ze vroeger met mij heeft geprobeerd niet werkte, want met Max pakt ze het heel anders aan.

Om te beginnen laat ze hem kijken wat-ie wil op tv. Dus dat ding staat vierentwintig uur per dag afgesteld op een programma dat 'De Snurpels' heet.

Ik heb een paar keer geprobeerd om naar 'De Snurpels' te kijken, maar ik snapte er helemaal NIKS van. De Snurpels hebben hun eigen taal, en blijkbaar kunnen alleen driejarigen die verstaan.

Als Max weer eens naar die serie heeft gekeken raakt hij ontzettend gefrustreerd omdat wij hem allemaal niet begrijpen.

Maar pasgeleden las mam in de krant dat kinderen die naar 'De Snurpels' kijken wel een jaar achterstand in hun taalontwikkeling op kunnen lopen, en dat hun sociale vaardigheden er ook nog door verpest worden.

Nou, dat verklaart een boel. Max heeft geen echte vrienden en als mam bij ons thuis een speelmiddag houdt, is Max de enige die zich helemaal niet met de andere kinderen bemoeit.

Volgens mij komt dat vooral doordat Max zijn speelgoed niet wil delen. Dus als er andere kinderen komen spelen, sluit Max zichzelf op in de speelkooi van onze vroegere hond Hartje en houdt al zijn speelgoed voor zichzelf.

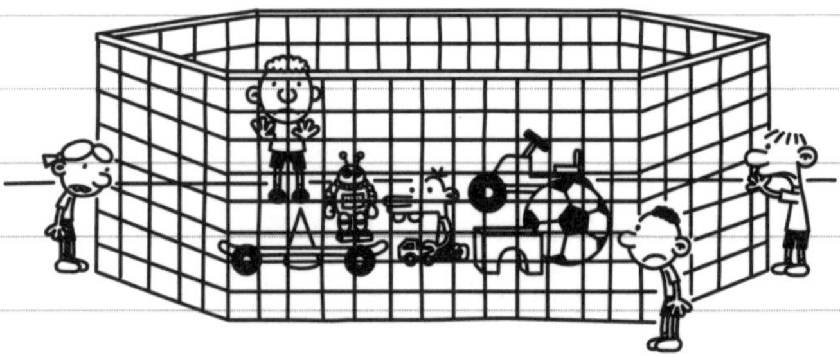

En als mam probeert om Max ALLEEN met andere kinderen te laten spelen, gaat het altijd mis.

In onze kerk hebben ze iets nieuws bedacht: tijdens de dienst mogen alle kleine kinderen naar de kelder om daar te spelen en te kleuren. Maar de eerste keer dat mam Max beneden afleverde, was er maar één ander kind in de speelhoek en dat zei tegen Max dat hij een vampier was.

Ik vond het wel zielig voor Max, want toen ik zo klein was moest ik het ook tegen zo'n doodeng kind opnemen. Ik zat in de peutergroep opgescheept met ene Bruno, die me terroriseerde zodra hij de kans kreeg.

Ik vertelde mam elke avond wat Bruno nou weer had gedaan en dan zei ik dat ik niet meer naar de peuters wilde. Maar in de zomervakantie ging Bruno verhuizen, en zo loste het probleem zich vanzelf op.

Nadat Bruno verhuisd was, schreef mam een verhaal dat 'Stoute Bruno' heette, over een kind dat zich altijd misdroeg. In het echte leven was Bruno al behoorlijk vervelend, maar in mams verhalen was hij zo'n beetje de duivel zelf.

Ik denk dat mam eigenlijk wilde proberen om dat verhaal gepubliceerd te krijgen, maar Bruno verhuisde in het voorjaar TERUG naar onze buurt, dus toen moest ze dat plan laten varen.

'Stoute Bruno' is dus nooit een echt boek geworden, maar mam heeft het verhaal wel gebruikt om Max te leren hoe hij zich in de peutergroep moest gedragen. Misschien is dat wel een van de redenen waarom Max zo bang is voor kinderen van zijn eigen leeftijd.

Max heeft misschien geen ECHTE vrienden, FANTASIEvriendjes heeft hij meer dan genoeg. Ik ben de tel inmiddels kwijt, maar de namen die ik nog weet zijn Sjonnie, Danny en Jordi, Karel Dribbel, De Andere Karel Dribbel, Kleine Jim en Jan Gouda.

Ik weet niet hoe Max al die nepvriendjes heeft bedacht, maar geloof me, voor hem zijn ze ECHT. Op een keer nam Max ze allemaal mee naar de supermarkt en flipte totaal toen mam zogenaamd Karel Dribbel had achtergelaten op de diepvriesafdeling.

Ik vraag me wel eens af of Max zijn fantasievriendjes soms heeft bedacht om extraatjes te krijgen, zoals nog een koekje na het eten.

Mam zegt dat we niet tegen Max mogen zeggen dat zijn zogenaamde vrienden niet echt zijn, omdat hij dan 'getraumatiseerd' kan raken. Dus we moeten het spel gewoon meespelen.

Ik hoop maar dat hij er snel overheen groeit, want het begint echt belachelijk te worden. Soms moet ik wachten totdat al Max' fantasievriendjes naar de wc geweest zijn.

De laatste tijd geeft Max zijn fantasievriendjes de schuld als hij zelf iets fout gedaan heeft. Laatst liet hij een bord stuk vallen, en toen zei hij dat Jan Gouda het gedaan had, dat schijnt de herrieschopper van het stel te zijn.

In plaats van Max straf te geven omdat hij een bord had gebroken en er daarna over loog, gaf mam Jan Gouda een time-out. En wat helemaal balen was: de time-outstoel is de splinternieuwe leunstoel in de woonkamer, dus daar kon ik toen niet in gaan zitten om tv te kijken.

Zoals ik al zei, ik weet dat dit hele fantasie-vriendjesgedoe een hoop flauwekul is, maar Max neemt het zo serieus dat het een beetje eng begint te worden. Als ik ergens in huis wil gaan zitten, check ik nu eerst even of er geen fantasievriendjes van Max rondhangen.

Ik wil natuurlijk niet het risico lopen dat ik Kleine Jim plet als ik op de bank plof om tv te kijken.

Niet dat ik veel tv-kijk de laatste tijd. Mam maakt zich echt zorgen over Max en zijn sociale vaardigheden, dus ze wil liever niet dat de tv aanstaat als Max in de buurt is.

Pasgeleden kwam mam met het idee van een 'familieavond'. Dan spelen we een bordspel of gaan uit eten in plaats van tv te kijken.

Het idee erachter is waarschijnlijk dat Max er iets van opsteekt als wij ons wat meer met elkaar bemoeien.

Als we uit eten gaan, komen we meestal bij Jut&Juls Familierestarurant terecht. Stropdassen zijn daar strikt verboden, en de eerste keer dat we erheen gingen kwam pap daar op een pijnlijke manier achter.

Er zijn verschillende afdelingen bij Jut&Juls, maar omdat Max er altijd bij is, zitten wij steeds in het stuk dat ze het Kinderstraatje noemen.

Ik denk dat ze in het Kinderstraatje niet eens de moeite nemen om schoon te maken tussen het vertrek van de ene familie en de aankomst van de volgende. Dus als je bij je tafeltje komt, liggen er altijd verkreukelde servetten op de grond en half opgegeten frietjes op de banken.

De eerste keer dat we bij Jut&Juls waren, lette ik niet goed op en ging ik boven op een openliggend broodje pindakaas met jam zitten.

Wat ik ook haat: het Kinderstraatje ligt precies naast de wc's en de deuren daarvan zijn altijd open, dus je moet proberen te eten terwijl je recht naar binnen kunt kijken.

En de bediening is VERSCHRIKKELIJK bij Jut&Juls, dus wij kiezen altijd voor het buffet en pakken alles zelf. Het eten zit in van die stalen bakken en er ligt altijd spul uit de ene bak in de andere.

Bij het toetjesbuffet hebben ze een ijsmachine waarmee je je eigen softijsje kunt maken. Dat klinkt geweldig, ik weet het, maar er is een reden voor dat de gasten in de meeste restaurants niet aan de ijsmachines mogen komen.

Een van de redenen waarom mam telkens naar Jut&Juls wil, is dat ze daar een ballenbak hebben. Ze hoopt dat Max daar met andere kinderen leert spelen.

Maar meestal begraaft Max zich gewoon onder de ballen zodat de andere kinderen hem niet zien, en zit dan zijn tijd uit tot we weer naar huis gaan.

Vorige week donderdag gingen we ook naar Jut&Juls en toen mocht Max zich niet in de ballenbak verstoppen, maar moest hij van mam de plastic buizen in. Max ging helemaal door het lint daarboven, hij was zó bang dat hij niet meer alleen naar beneden durfde.

Dus zei mam dat ik naar boven moest om hem te halen, want ik was de enige andere in het gezin die klein genoeg was om door die buizen te kruipen.

Ik probeerde omhoog te klimmen via de ingang die Max had genomen, maar dat moest ik al snel opgeven, het was gewoon te krap.

Dat betekende dat ik alleen bij Max kon komen via de kronkelglijbaan die in de ballenbak uitkomt. Ik ben om te beginnen al geen fan van donkere, kleine, afgesloten ruimtes, dus ik verheugde me er niet bepaald op om door dat ding omhoog te kruipen.

Ik riep naar boven dat ik eraan kwam, maar al die kids negeerden me en gleden toch gewoon naar beneden.

Ik wurmde me langs de opstopping naar boven en kroop door het doolhof van buizen om Max te zoeken. Er was daarboven geen ventilatie en het STONK er ontzettend naar vieze sokken.

Ik wist wel dat ik de verkeerde persoon was om Max te gaan zoeken, want ik ben altijd heel slecht in doolhoven. Afgelopen herfst ging ik met mam naar het maïsdoolhof op de boerderij van boer Kuipers en mam rekende erop dat ik de weg zou vinden.

Maar ik raakte zo verdwaald dat mam 112 moest bellen zodat iemand ons kon komen redden.

Deze keer had ik mams mobieltje niet bij me. En toen er een kind aan de ene kant van de tunnel begon over te geven, stoven alle andere kinderen mijn kant op om zo snel mogelijk bij de glijbaan te komen.

Uiteindelijk vond ik Max ergens in zo'n buis, maar tegen die tijd stond ik zelf op instorten. En dus moest een van de obers omhoogklimmen om Max EN mij te redden.

En het ergste van alles was nog wel dat ik mijn favoriete spijkerbroek weg moest gooien omdat de stank van vieze sokken er niet meer uit ging, zelfs niet na drie keer wassen met bleek.

Zaterdag

Vanochtend werd ik om 6.30 uur wakker en ik kon niet meer in slaap komen. Ontzettend frustrerend is dat en het overkomt me sinds Nieuwjaar elke dag opnieuw.

Op oudjaarsavond wilde mam Max laten voelen hoe het is om om middernacht wakker te zijn zonder hem echt zo laat op te laten blijven. Dus zette ze alle klokken in huis drie uur voor.

Maar dat zei ze niet tegen MIJ. Dus toen pap en mam met Max gingen aftellen, dacht ik dat het ECHT middernacht was.

Ik belandde die avond om 22.30 uur in bed terwijl ik dacht dat het 1.30 uur 's nacht was. Dus mijn hele ritme is dit jaar drie uur verschoven.

In het weekend word ik meestal pas wakker als pap me letterlijk uit bed sleurt, VOORAL in de winter, als het buiten koud is en lekker warm onder de dekens.

Ik weet nog dat pap me vorige winter een keer om 8.00 uur 's ochtends wakker maakte en zei dat ik de sneeuw van de stoep moest gaan vegen.

Ik zat net midden in een fantastische droom, maar het lukte me om uit bed te komen, de stoep schoon te vegen en zonder iets te missen terug mijn droom in te glijden.

EN DE PRIJS VOOR DE GROOTSTE SPIER-BALLEN GAAT NAAR...
AHHHHHH!
BRAM BOTERMANS!

Vanochtend bleef ik nog een tijdje in bed liggen en probeerde weer in slaap te komen. Uiteindelijk ging ik maar gewoon naar beneden en maakte een ontbijtje voor mezelf. Er is op zaterdagochtend voor 8.00 uur niks leuks op tv, dus ik besloot om alvast een paar van mijn karweitjes te doen.

Ik en Rick hebben nooit genoeg geld om iets te kopen en dus krijgen we geld van mam als we helpen in huis. Een van mijn klusjes is de meubels afstoffen en dat was ik vanochtend aan het doen toen er op de deur werd geklopt.

Ik deed de deur open en tot mijn verbazing stond oom Gerard op de stoep.

Pap kwam een minuut later de trap af en hij leek niet al te blij om zijn broer te zien.

Oom Gerard belde pap een paar weken geleden op en zei toen dat hij de 'kans van zijn leven' had op zakelijk gebied en dat hij geld wilde lenen.

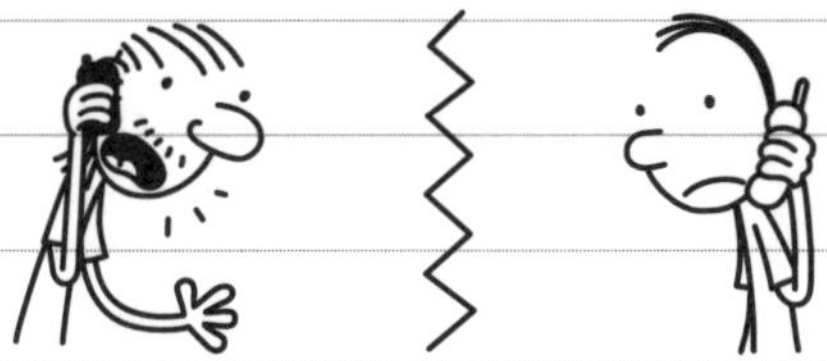

Pap wilde oom Gerard geen geld lenen, want oom Gerard staat bekend als iemand die zijn schulden nooit afbetaalt.

Maar mam zei dat pap het moest doen omdat oom Gerard zijn broer is en familieleden moeten elkaar altijd helpen. Dat soort dingen zegt mam ook altijd tegen mij en Rick. Ik hoop maar dat ik nooit een nier nodig heb of zo, want als ik er een van Rick moet krijgen heb ik waarschijnlijk een probleem.

Maar goed, pap maakte het geld naar oom Gerard over en tot vandaag hadden we niks meer van hem gehoord. Toen oom Gerard eenmaal binnen was, vertelde hij wat er was gebeurd.

Hij zei dat hij in Haarlem een vent tegen was gekomen die op straat T-shirts verkocht en die had gezegd dat oom Gerard flink geld kon verdienen als hij zijn handeltje overnam.

Dus toen oom Gerard paps geld binnenkreeg, kocht hij al die T-shirts op. Maar oom Gerard wist niet dat er een drukfout op die T-shirts stond en toen hij daar eenmaal achter kwam, was die vent er al vandoor.

Oom Gerard zei tegen pap dat hij een onderkomen nodig had tot hij er weer bovenop was. Daar leek pap niet al te blij mee, maar tegen die tijd was mam ook beneden en zij zei tegen oom Gerard dat hij net zo lang mocht blijven als nodig was.

Maar toen mam de verhuiswagen op de oprit zag staan, zei ze tegen oom Gerard dat ons huis te klein was voor al die extra meubels.

Hij zei dat ze zich geen zorgen hoefde te maken, want hij HAD helemaal geen meubels. De verhuiswagen zat vol dozen met T-shirts en we waren de rest van de ochtend bezig die in onze garage te stouwen.

Oom Gerard is volgens mij nog steeds van plan om ze te verkopen. Hij smeerde er Rick één aan voor twee euro, en die dacht volgens mij dat hij een geweldige slag had geslagen.

Maandag

Het is tot nu toe niet makkelijk om met oom Gerard in één huis te wonen. De eerste paar nachten sliep hij op een luchtbed in Max' kamer. Maar oom Gerard heeft nachtmerries waar hij midden in de nacht van wakker schrikt en afgelopen maandag had hij een hele erge.

Dus nu slaapt oom Gerard op de bank in de woonkamer en staat het bed van Max midden in zijn kamer, los van de muren.

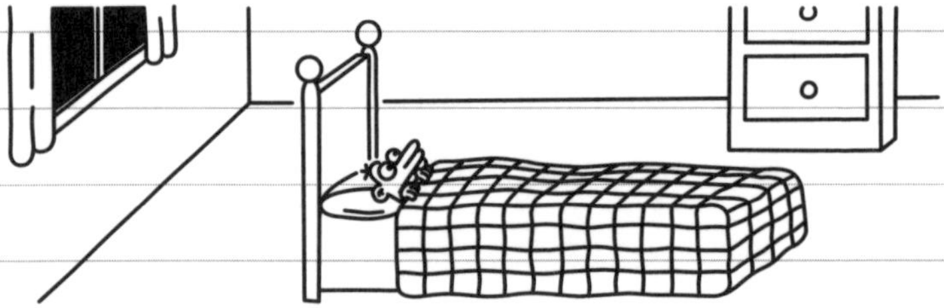

Het is echt onhandig dat oom Gerard op de bank slaapt. Zijn nachtmerries houden hem de hele nacht wakker en dan slaapt hij het grootste gedeelte van de dag uit. Dat is echt irritant als je na school wilt relaxen en een beetje tv wilt kijken.

Maar Rick heeft nog wel het MEESTE last van oom Gerard.

Voor oom Gerard kwam logeren, WOONDE Rick zo'n beetje op de bank in de woonkamer, vooral in het weekend.

Maar nu kan hij nergens heen als pap hem zaterdags zijn bed uit heeft geschopt.

Laatst kwam Rick naar boven en toen hij oom Gerard op zijn plek zag liggen, sliep hij gewoon verder op een ander stukje van de bank.

Pap zit oom Gerard echt aan zijn kop te zeuren dat hij een baantje moet zoeken, maar oom Gerard zegt dat hij moe is en dat er toch geen werk voor hem is.

Oom Gerard heeft nog nooit langer dan een paar dagen een baantje gehad. De laatste keer was van de zomer, als proefpersoon voor een bedrijf dat pepperspray maakt. Ik geloof dat hij er voor de lunch alweer genoeg van had.

Pap wil dat oom Gerard net zo'n baan zoekt als HIJ, op kantoor en met vaste werktijden.

Maar ik denk dat oom Gerard niet geschikt is voor een kantoorbaan, en ik zelf ook niet trouwens. Pap moet elke dag een overhemd met een stropdas aan en ook nette sokken en nette schoenen.

Ik heb al besloten dat ik later geen baan wil waarbij je van die sokken aan moet die tot je knieën komen.

Vorige zomer nam pap me mee naar zijn kantoor, op zo'n dag dat alle werknemers hun kinderen mee mochten nemen. Maar de mensen op paps werk hadden vast bedacht dat hun werk heel saai was voor hun kinderen, want ze hadden voor allerlei vermaak gezorgd.

De kinderen bleven bijna de hele dag in de kantine, terwijl de volwassenen in hun kantoor zaten te werken.

Tegen het eind van de dag nam pap me mee naar zijn kantoor. Hij was net een belangrijk project aan het afronden, dus ik zat naast hem zo'n beetje te wachten. Maar ik denk dat hij zich moeilijk kon concentreren terwijl er iemand over zijn schouder meekeek.

Pap gaf me geld om iets uit de snoepautomaat te halen. Hij wilde me waarschijnlijk even uit de weg hebben, dus hij was niet zo blij toen ik een minuut later alweer terug was met een pak Jawbreakers.

Pap zei dat hij echt even af moest maken waar hij mee bezig was en vroeg of ik ergens anders kon gaan zitten totdat hij de boel had afgerond. Maar hij was die dag vast heel verstrooid, want uiteindelijk ging hij naar huis en liet mij achter. Ik had daar waarschijnlijk de hele nacht gezeten als de conciërge me niet gevonden had.

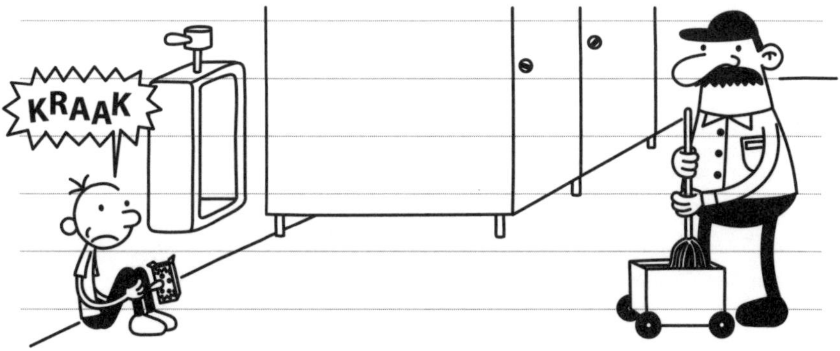

Hoe dan ook, pap is behoorlijk nijdig omdat oom Gerard geen geld heeft en steeds bij hem komt bietsen. Mam geeft oom Gerard zelfs zakgeld tegenwoordig en hij hoeft er niet eens huishoudelijke karweitjes voor te doen, echt oneerlijk als je het mij vraagt.

Ik hoop maar dat oom Gerard wat van zijn zakgeld gebruikt om zijn eigen badschuim te kopen. De tweede dag dat hij er was heeft hij dat van mij helemaal opgemaakt en een bad voelt echt heel anders als het water kristalhelder is.

Dinsdag

Ik wou maar dat ik mijn spijkerbroek niet had hoeven weggooien een paar weken geleden, want ik moest er vandaag op school extra goed uitzien. We gaan stijldansen bij gym en mevrouw De Moor zei dat we allemaal een danspartner moesten kiezen.

Dus het was geen beste dag om een ribbroek te dragen die ook nog eens drie centimeter te kort is.

Mevrouw De Moor zei dat we zelf onze partner mochten kiezen. We moesten de naam van degene waar we mee wilden dansen op een papiertje schrijven en dan zou zij de papiertjes doorkijken en de paren zo goed mogelijk samenstellen. Dat systeem gebruikte ze VORIG jaar bij volksdansen ook, en toen was ik echt de klos.

Ik schreef de naam van het mooiste meisje van de klas op, Lieve Antonius.

LIEVE
ANTONIUS

Maar zij had MIJN naam niet opgeschreven, maar die van Bas van der Vaart, net als alle andere meisjes uit de klas. Bas had voor Beau van Wilgen gekozen en mevrouw De Moor maakte van Lieve mijn danspartner omdat ik haar had uitgekozen.

Eerst vond ik het echt geweldig dat ik Lieve als partner had. Maar toen moest ik drie weken lang DIT gezeur aanhoren:

Ik denk dat Lieve ook geen herhaling van vorig jaar wilde, want vandaag ging ze langs bij alle jongens die geen kans bij haar maakten om ze dat even te vertellen.

Eerlijk gezegd kan het me niks schelen met wie ik moet dansen, zolang het Rosa Vogel maar niet is.

ROSA VOGEL

Voor zover ik weet is Rosa het enige meisje dat ooit geschorst is bij ons op school, en dat was omdat ze een leraar had gebeten.

Feitelijk heeft Rosa maar één voortand omdat de andere in de elleboog van meneer Kreupelhout is blijven steken.

Ik ben altijd heel aardig tegen Rosa als ik haar op de gang tegenkom, want ik ben doodsbang voor haar.

Maar vandaag werd ik bang dat ik TE aardig ben geweest en dat ze nu misschien denkt dat ik haar echt LEUK vind. Het laatste wat ik wil is dat Rosa mijn naam op dat papiertje schrijft. Ik weet zeker dat ik als haar danspartner altijd wel IETS zal doen wat haar kwaad maakt, en dan eindig ik met haar andere tand in MIJN arm.

Dus gebruikte ik mijn kleine strookje papier om te proberen dat te voorkomen.

> Koppel me alstublieft
> niet aan Rosa Vogel.
>
> Met vriendelijke groet,
> Bram Botermans

Ik deed er zelfs een half opgegeten reep bij die ik voor later had willen bewaren, zodat mevrouw De Moor zeker weten over de brug komt.

Woensdag

Gisteravond bad ik extra hard dat Rosa Vogel niet mijn danspartner zou worden.

Maar toen werd ik bang dat er in je hele leven misschien maar een beperkt aantal gebeden wordt verhoord en dat ik die van mij veel te snel opmaak. Het zou vreselijk zijn als ik er later achter kom dat ze op zijn omdat ik me steeds heb gedragen alsof de voorraad onuitputtelijk is.

Ik moet daar echt beter op gaan letten. Afgelopen weekend was de wc boven verstopt en bad ik dat de loodgieter de wc niet zelf zou gebruiken nadat hij hem gerepareerd had.

Voor alle duidelijkheid: tot nu toe is zo'n 75% van mijn gebeden verhoord. Ik weet niet hoe goed of slecht dat is, maar ik ben er wel vrij zeker van dat ik never nooit een lichtzwaard voor mijn verjaardag ga krijgen, hoe hard ik er ook om bid.

Hoe dan ook, ik denk dat ik veel duidelijker moet zijn als ik ergens om bid, want mijn verzoek werd vandaag bij gym wel ingewilligd, maar ik ben toch niet echt blij met de manier waarop.

Aan het begin van de les las mevrouw De Moor de namen van de danspartners voor en ik hield mijn adem in toen ze bij Rosa Vogel kwam.

Maar Rosa kreeg Sproet als partner, en als je het mij vraagt is dat een perfecte combi.

Toen mevrouw De Moor eindelijk de naam van het laatste meisje had opgenoemd, waren er nog een paar jongens over, waaronder ikzelf. Er zitten dit jaar veel meer jongens dan meisjes in mijn klas, dus het was logisch dat niet iedereen een partner had.

Toch was ik een beetje teleurgesteld dat niemand mijn naam op een van die papiertjes had geschreven.

Maar toen bedachten ik en die andere jongens dat wij die stijldanslessen nu dus helemaal niet hoefden te volgen en dat we gewoon drie weken konden voetballen aan de andere kant van de gymzaal.

Maar we juichten een beetje te vroeg. Mevrouw De Moor zei dat IEDEREEN moest dansen en ze koppelde ons aan ELKAAR. Dus voor ik het wist, stond ik te walsen met Kasper de Hoog.

Maandag

Vandaag hadden we geen gym omdat er het vierde uur een bijeenkomst in de aula was. Ik moet toegeven dat ik dat eerst best jammer vond, want geloof het of niet, ik en Kasper beginnen de merengue echt goed onder de knie te krijgen.

Maar de meeste leerlingen vonden het wel leuk, want we hadden sinds november geen bijeenkomst meer gehad. Toen kwam er een of andere hypnotiseur op school die Fantastische Fabian heette.

Tijdens de grote finale van zijn show hypnotiseerde Fantastische Fabian een rijtje zesdeklassers en liet ze geloven dat hun armen aan elkaar gelijmd waren.

Toen zei hij dat hij ze zou ontlijmen met een toverwoord en toen hij dat woord zei, waren ze in een keer los.

Na school maakten een paar gasten ruzie over de vraag of de hypnotiseur echt was of dat die zesdeklassers in het complot zaten.

Twee gasten die dachten dat Fantastische Fabian nep was, haakten hun armen in elkaar. En toen probeerde Martin Bos ze onder hypnose te laten denken dat ze waren vastgelijmd.

En geloof het of niet, het WERKTE. Die twee konden hun armen niet meer loskrijgen en ze raakten totaal in paniek. Martin probeerde het nog met het toverwoord, maar hij kreeg ze niet los.

Ze gingen terug naar school en een van de leraren moest Fantastische Fabian op zijn werk opsporen zodat hij het toverwoord kon zeggen en ze uit elkaar kon halen.

Ik heb geen idee hoe de school de mensen voor die bijeenkomsten uitzoekt. Vorig jaar hadden ze iemand die Sterke Steven heette. Hij hield een preek over dat we van de drugs af moesten blijven en toen scheurde hij als klap op de vuurpijl met zijn blote handen een telefoonboek in tweeën.

Vraag me niet wat een telefoonboek in tweeën scheuren te maken heeft met van drugs afblijven, maar alle kinderen op school vonden die vent helemaal geweldig. De bibliothecaresse moest na het bezoek van Sterke Steven zelfs de helft van de boeken in de schoolbieb vervangen.

Ik hoop in ieder geval NIET dat ze die zangeres, Krisstina, nog een keer uitnodigen. Ik denk dat de school Krisstina graag voor die bijeenkomsten vraagt omdat haar liedjes van die positieve, opbouwende teksten hebben.

Krisstina noemt zichzelf een 'internationale popsensatie', maar ik snap niet dat ze daarmee wegkomt. Voor zover ik kan zien is ze zelfs de PROVINCIE nog nooit uit geweest.

Een van de leukste schoolbijeenkomsten vond ik die met die politieagent die kwam vertellen over zijn werk bij de narcoticabrigade, kortweg de Narc. Hij moest net doen alsof hij een leerling was en dan de kinderen aangeven die foute dingen deden.

Dat klonk als een fantastische baan. Als je betaald kunt worden om naar school te gaan zonder dat je huiswerk of proefwerken hoeft te maken EN je mag ook nog alle rotzakken naar de gevangenis sturen, nou, dan is dat echt een carrière voor mij.

Nadat die politieagent op school was geweest, besloten ik en mijn vriend Theo om ons eigen detectivebureau te starten.

Helaas was er in onze buurt niet echt vraag naar privédetectives en wilde niemand ons inhuren. Maar we besloten EVENGOED mensen te gaan bespioneren.

We hadden echt een hoop lol. Het leuke van privédetective zijn is dat je in het leven van andere mensen rond mag snuffelen en dat dat dan gewoon je werk is.

We richtten ons onderzoek vooral op meneer Melis, die een paar huizen bij mij vandaan woont. Niet dat hij iets verdachts deed, maar we wisten dat hij een abonnement heeft op alle filmkanalen.

Ons detectivebureau viel helaas uit elkaar toen we Tommie Fokker gingen bespioneren. Ik had hem voor de zomer een game geleend. Hij zei dat hij hem kwijt was geraakt, maar ik wist dat hij loog. Dus stuurde ik Theo naar hem toe om die game terug te halen.

Ik leerde Theo om heel stoer te doen en zijn knokkels te laten knakken, zodat Tommie zou begrijpen dat het menens was.

Maar toen Theo niet gelijk terugkwam vroeg ik me af wat er was gebeurd. Ik ging zelf op onderzoek uit en ik betrapte Theo op heterdaad terwijl hij met Tommie mijn game zat te spelen.

Ik moest Theo dus op staande voet ontslaan en als ik ooit nog eens een detectivebureau op ga richten, huur ik als eerste een sterke kerel in die écht intimiderend is.

Maar goed, zoals ik al zei, iedereen wilde graag weten wie er vandaag te gast zou zijn.

Maar toen bleek dat er helemaal geen gast WAS. Toen we allemaal in de aula zaten, kwam conrector De Koning het podium op en kondigde aan dat er een speciale verkiezing gehouden zou worden om de leerlingenraad te vervangen.

We hadden in de herfst al een leerlingenraad gekozen, maar de leden sloegen steeds vergaderingen over omdat ze werden opgehouden in de pauze en ik denk dat de leraren dat zat werden.

Conrector De Koning zei dat er twee voorwaarden waren om je kandidaat te kunnen stellen. Ten eerste moest je bereid zijn om alle vergaderingen van de leerlingenraad bij te wonen. Ten tweede mocht je niet meer dan twee groene kaarten hebben.

Ik had het gevoel dat die tweede voorwaarde speciaal voor MIJ was bedoeld, want ik had net mijn derde groene kaart gekregen.

Toen ik in de brugklas zat, zei een zesdeklasser tegen me dat er een geheime lift naar de tweede verdieping was en dat ik voor drie euro een speciale liftpas bij hem kon kopen.

Dat leek MIJ een hele goeie deal, dus ik gaf hem drie euro voor de pas, die er heel officieel uitzag.

LIFTPAS

de pashouder mag
ongelimiteerd gebruikmaken
van de schoollift

Maar het hele gebeuren bleek één grote zwendel te zijn, want er bestond helemaal geen geheime lift.

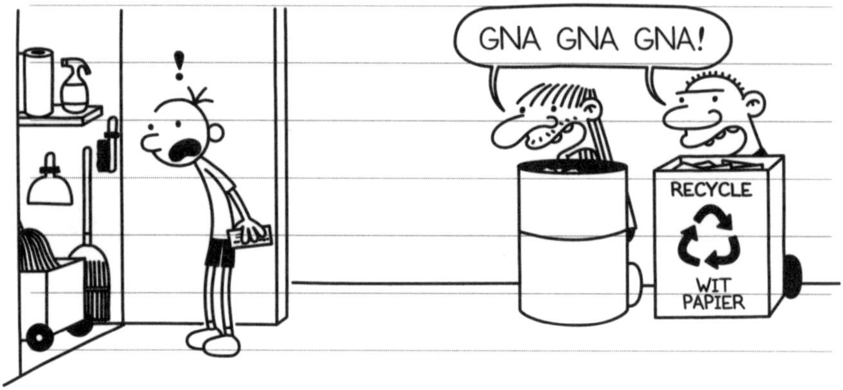

Ik had die liftpas al die tijd bewaard, maar een paar weken geleden verkocht ik hem aan een jongen die nieuw was op school.

Helaas was ik niet voorzichtig genoeg. Ik werd betrapt door conrector De Koning en ik moest het geld teruggeven.

Ik kreeg ook nog een groene kaart, echt gemeen, want ik verkocht die pas voor de helft van de prijs.

Na de bijeenkomst bedacht ik iets: Theo heeft nog nooit een groene kaart gekregen, dus hij zou de PERFECTE kandidaat zijn voor de leerlingenraad. Ik zei tegen hem dat hij zich op moest geven, maar hij zei dat hij niet wist wat hij moest doen als hij gekozen werd.

Maar dat is geen enkel probleem. Als hij eenmaal gekozen is, neem IK gewoon alle moeilijke beslissingen. Hij hoeft alleen maar op alle vergaderingen te verschijnen en te doen wat ik zeg. Ik vind het een GENIAAL plan, want ik heb dan wel macht, maar ik hoef geen pauzes te missen.

Ik bood Theo aan om zijn campagne te leiden, zodat hij geen vinger hoeft uit te steken om gekozen te worden. We gingen naar het prikbord in de hal om hem in te schrijven.

Ik zei tegen Theo dat hij voor een vet baantje moest gaan, voorzitter of zo, of vicevoorzitter, maar hij wilde zich kandidaat stellen als voorzitter van de activiteitencommissie. Ik weet niet wat de activiteitencommissie precies doet, maar zolang hij mee mag stemmen over de belangrijke kwesties, maakt het mij ook eigenlijk niet uit.

Woensdag

Gisteren waren er een paar andere kandidaten die al posters ophingen in de gangen en snoep en buttons uitdeelden om stemmen te winnen. Dus we lagen METEEN achter.

Ik moest dus iets groots verzinnen om Theo verkozen te krijgen en ik bedacht het volgende.

De kandidaten moesten vandaag hun toespraak houden in een volgepakte aula. Bij sportwedstrijden op tv heb ik wel eens gezien dat mensen in het publiek letters op hun borst hadden geverfd om een boodschap uit te dragen.

Gisteravond haalde ik een stel T-shirts van oom Gerard uit de garage, draaide ze binnenstebuiten en schreef op elk shirt een letter zodat ze samen de zin 'Stem op Theo Thorbecke voor de activiteitencommissie' vormden. Het kostte me een hele avond en zo'n twintig stiften, maar ik wist dat het een spectaculair effect zou hebben op de bijeenkomst.

Vandaag ging ik vroeg naar school en gaf iedereen die een shirt aan wilde doen een stuk klapkauwgom.

Maar toen we in de aula kwamen, bleek het net zo moeilijk om die lui in de juiste volgorde te laten staan als om een groep katten bij elkaar te houden.

Alleen de kandidaten die voorzitter wilden worden mochten een speech houden. Dat was een hele opluchting, want toen ik Theo zijn toespraak voor de activiteitencommissie liet oefenen, was hij bloednerveus.

De eerste kandidaat die een toespraak hield was een meisje, Sophia Groeneboom, dat altijd tienen haalt en nog nooit een dag school gemist heeft. Ze zei dat zij er als voorzitter voor zou zorgen dat er betere apparatuur zou komen in het muzieklokaal en dat ze een project zou opzetten om de kaften van de bibliotheekboeken te vervangen.

De volgende was Bob de Ruft. Zo gauw conrector De Koning Bob op het podium riep, begon iedereen in de aula de smerigste geluiden te maken.

Bob had vast een boel interessante dingen te vertellen, maar door al die herrie kon je er geen woord van verstaan.

Ik hoop maar dat Bob later geen premier wil worden, want dat gaat echt BELACHELIJKE verkiezingsbijeenkomsten opleveren.

De laatste kandidaat was Ernst-Jan Eleveld. Ernst-Jan is de enige kandidaat voor het voorzitterschap die geen posters heeft opgehangen en geen lolly's of zo heeft uitgedeeld, dus niemand nam hem echt serieus.

De verkiezingstoespraak van Ernst-Jan duurde maar dertig seconden. Hij zei dat hij er als voorzitter voor zou zorgen dat de school het goedkope wc-papier zou vervangen door de dure, zachte soort.

Toen Ernst-Jan klaar was, ging de zaal uit zijn dak. IEDEREEN klaagt altijd over die wc-papiertoestand, want de school heeft alleen van dat schuurpapier.

Te oordelen naar de reactie van het publiek, maken Sophia en Bob allebei geen schijn van kans.

Donderdag

Zoals ik al voorspeld had, is Ernst-Jan met een overweldigende meerderheid verkozen tot voorzitter. Theo won ook, omdat hij de enige was die zich had ingeschreven voor de activiteitencommissie. Ik wou dat ik dat had geweten, dan had ik mezelf die hele ellende met die T-shirts kunnen besparen.

Vandaag was de eerste vergadering van de leerlingenraad en mevrouw Berk, de lerares die de leerlingenraad begeleidt, zei tegen Ernst-Jan dat hij dat dure, zachte wc-papier wel kon vergeten omdat de school het niet kan betalen.

Dat nieuws ging als een lopend vuurtje door de school en iedereen was behoorlijk kwaad. Ernst-Jan was alleen maar gekozen vanwege zijn verkiezingsbelofte. Trouwens, we zamelen elk jaar geld in voor de school en je zou toch denken dat ze een deel van de opbrengst wel kunnen besteden aan wc-papier van goede kwaliteit.

Ik had trouwens verwacht dat de school zou zwemmen in het geld na de laatste inzamelingsactie, een paar weken geleden, toen we chocoladerepen moesten verkopen. Petje af voor degene die dat heeft bedacht. De school stuurde iedereen naar huis met vijftig krokante chocoladerepen, die we dan aan onze buren moesten verkopen.

Maar ik ken niet één kind dat niet al drie of vier repen ophad voor hij zelfs maar thuis was. Ik had er zelf in ieder geval al vijftien op voor mam erachter kwam en er een eind aan maakte.

Dus een heleboel ouders moesten, net als de mijne, geld storten om de repen te betalen die hun kinderen zelf hadden opgegeten. Het zou zomaar kunnen dat niemand ook maar één reep verkocht heeft tijdens die inzameling.

Zaterdag

Over geld gesproken, oom Gerard heeft al zijn zakgeld voor deze week al uitgegeven en vroeg of hij wat van MIJN zakgeld kon lenen. Toen pap daarachter kwam was hij behoorlijk nijdig.

Oom Gerard had blijkbaar bij de buurtwinkel krasloten gekocht van zijn zakgeld. Pap zei dat oom Gerard meer kans had om door de bliksem getroffen te worden dan om de loterij te winnen en dat het geldverspilling was.

Pap had zijn woorden wat beter moeten kiezen, want nu zet Max geen voet meer buiten de deur als het regent.

Krasloten zijn toch al een teer punt bij pap. Een paar jaar geleden gaf pap oom Gerard een mooi winterjack voor kerst en oom Gerard gaf pap een kraslot. Pap leek een beetje geïrriteerd: had hij zoveel geld uitgegeven voor oom Gerard, gaf die hem een cadeautje van een euro.

Pap kraste met een muntje de vakjes open en hij had drie kersen, wat betekende dat hij honderdduizend euro had gewonnen.

Maar het lot bleek een fopcadeau te zijn, het was nep.

We kunnen nog steeds niks over die kerst zeggen, want dan heeft pap de rest van de dag een slecht humeur.

Wat pap ECHT wil is dat oom Gerard een baan vindt zodat hij ons huis uit kan. Ik wil dat zo langzamerhand ook wel, want de laatste tijd zit hij urenlang in mijn kamer achter de computer.

Hij is verslaafd aan zo'n spel dat zich afspeelt in een virtuele wereld waarin je kan zijn wie je maar wilt, een politieagent, een bouwvakker, een rockster, wat dan ook.

Maar oom Gerard is in dat spel gewoon een werkloze vent die elke dag een stel krasloten koopt.

FEBRUARI

Donderdag

Er is deze week een boel gebeurd op school.

Het begon allemaal maandag, bij de laatste vergadering van de leerlingenraad. De vergaderingen worden in de lerarenkamer gehouden en toen Joran van de Berg daar naar de wc was geweest, kwam hij met een rol Kussenzacht Ultra wc-papier terug.

Dat betekent dat de leraren zichzelf trakteren op goed wc-papier terwijl wij, de leerlingen, opgescheept zitten met de goedkope troep.

Toen Ernst-Jan Eleveld mevrouw Berk hiermee confronteerde, wist ze dat de leraren er gloeiend bij waren.

Mevrouw Berk zei dat de leraren dan wel Kussenzacht Ultra gebruiken, maar dat er geen geld is voor duur toiletpapier op alle leerlingen-wc's. Daarom stelde ze een compromis voor.

Ze zei dat de leerlingen voortaan hun EIGEN toiletpapier van huis mee mochten nemen. Toen dat door de intercom werd omgeroepen, was dat een enorme overwinning voor Ernst-Jan Eleveld en de rest van de leerlingenraad.

Dinsdag mocht iedereen voor het eerst zijn eigen wc-papier mee naar school nemen en ik denk dat een paar leerlingen iets té enthousiast waren.

Sommige kinderen namen zelfs zoveel wc-papier mee dat het niet in hun locker paste, dus die moesten hun voorraad overal mee naartoe zeulen.

Alles ging goed, tot iemand een wc-rol naar iemand anders gooide. Toen was het binnen vijftien seconden een compleet gekkenhuis.

Later die middag kondigde de rector via de intercom aan dat we nu per dag nog maar vijf velletjes wc-papier mee mogen nemen. Dat lijkt me een behoorlijk belachelijke regel, want ik ken helemaal NIEMAND die genoeg heeft aan vijf velletjes.

Gisteren werden een paar kinderen betrapt op het meenemen van meer wc-papier dan was toegestaan, dus nu controleren de leraren onze tassen als we 's ochtends op school komen.

Donderdag

Toen de rector vorige week die limiet van vijf velletjes instelde, had ik al zo'n twintig rollen in mijn locker liggen.

De leraren controleren nu ook af en toe een paar lockers, dus ik wist dat ze mijn geheime voorraad vroeg of laat zouden ontdekken.

Ik wilde zeker weten dat ik het tot het eind van het schooljaar zou redden, dus ik moest een manier verzinnen om mijn voorraad veilig te stellen.

Ik bedacht dat DAT alleen ging lukken als ik een eigen wc-hokje had en mijn wc-papier daar bewaarde.

Dus maandag zocht ik een redelijk schoon hokje uit, deed het op slot en kroop onder de deur door om eruit te komen.

Toen schoof ik een paar oude gympen die ik van huis had meegenomen voor de wc, zodat het leek alsof het hokje bezet was.

Elke keer als ik deze week naar de wc moest, wachtte ik tot iedereen weg was en kroop dan onder de deur van mijn hokje door. Het leek net een klein appartementje daarbinnen. Ik wou dat ik dit jaren eerder had bedacht.

Een paar dagen werkte mijn systeem geweldig. Niemand PROBEERDE zelfs maar om mijn privéhokje te gebruiken.

Maar toen vergat ik een keer om een van de reserveschoenen weg te halen, en dat zag er vast behoorlijk verdacht uit vanaf de buitenkant.

Het duurde niet lang voor de anderen doorkregen dat ik een geheime voorraad luxe wc-papier had en daarna was het snel gedaan met de pret.

Vrijdag

Wij leerlingen hebben volgens mij één ding geleerd van die wc-papiertoestand. Als we iets willen, moeten we zélf het geld ervoor bij elkaar zien te krijgen.

Dus ging de leerlingenraad vorige week brainstormen over een manier waarop de klassen geld konden inzamelen. Vicevoorzitter Hilde Pijnboom zei dat we auto's konden wassen en secretaris Olivia Davids dacht meer aan een gigantische rommelmarkt.

Ik vond dat we zoete popcorn moesten verkopen, maar óf Theo had de walkietalkie niet hard genoeg staan, óf iedereen negeerde me gewoon.

Ernst-Jan Eleveld stelde een professionele worstelwedstrijd in de gymzaal voor en Joran van de Berg leek een motorcross-stuntshow wel wat. Maar ze konden maar niet besluiten welk idee ze het beste vonden, dus kozen ze uiteindelijk voor een mix van worstelen en motorcross.

Ik denk dat Ernst-Jan wel doorhad dat het een boel werk was om zoiets voor elkaar te krijgen, dus hij besteedde de organisatie uit aan zijn vicevoorzitter. Hilde vormde een inzamelingscomité met haar vriendinnen van de ledenraad.

Maandag vertelde Hilde de leerlingenraad dat het evenement helemaal was gepland, maar dat het inzamelingscomité het oorspronkelijke idee wel 'een heel klein beetje' had aangepast.

Op de een of andere manier was de worstel-motorcrosshappening veranderd in een VALENTIJNSFEEST. Ernst-Jan en de andere jongens wilden het weer terug veranderen, maar mevrouw Berk zei dat ze het besluit van het inzamelingscomité moesten respecteren. Ik weet zeker dat zij vanaf het begin al niet blij was met het idee van gemotoriseerde voertuigen in de gymzaal.

Sinds het bericht over het Valentijnsfeest op school de ronde doet, kan niemand meer ergens anders over praten. De meisjes zijn helemaal opgewonden, die doen alsof dit een soort eindexamenfeest voor onderbouwers is.

Er is al een feestcommissie en Theo zit daarin, als voorzitter van de activiteitencommissie. Ik ben blij met dat beetje mannelijke invloed, want als de meisjes hun zin krijgen, wordt Krisstina de artiest van de avond.

De meeste jongens kon dat feest eerst geen bal schelen. Ik heb er een heel stel horen zeggen dat ze echt geen drie euro gingen betalen voor een feest in de gymzaal. Maar dat veranderde aan het begin van deze week, toen tijdens de huiswerkklas snoepogrammen werden uitgedeeld.

De snoepogrammen zijn uitnodigingen voor het Valentijnsfeest die de feestcommissie sinds een paar dagen tijdens de pauze verkoopt. Voor vijfentwintig cent kun je wie je maar wilt een snoepogram sturen en Bas van der Vaart kreeg er meteen al vijf, van vijf verschillende meisjes.

Toen de eerste golf snoepogrammen was bezorgd, werden sommige jongens die er geen een hadden gekregen jaloers op de jongens die er WEL een hadden. En nu wil IEDEREEN opeens naar het feest, want niemand wil een buitenbeentje zijn. Dus gisteren, tijdens de lunchpauze, stonden ze in de rij voor die snoep-o-grammen.

Zoals ik al zei zitten er meer jongens dan meisjes in ons jaar en ik denk dat veel jongens bang zijn dat niemand met ze naar het feest wil. Dus de meeste jongens gedragen zich ineens heel anders als er meisjes in de buurt zijn.

Tijdens de lunch schieten de jongens meestal lepels aardappelpuree tegen het plafond om te kijken of die blijft hangen.

Vraag me niet WAT ze in die puree doen, want dat spul blijft dus ook echt plakken.

Soms vergeet ik omhoog te kijken voor ik ergens ga zitten.

De meisjes haten dat aardappelpureegeklier en daarom zitten zij altijd aan de andere kant van de kantine. Maar nu weten de jongens dat er geen meisje met ze mee naar het feest wil als ze zich zo zakkerig gedragen.

Ik zie wel dat een heleboel jongens het moeilijk vinden om een beetje volwassen te doen met meisjes in de buurt. Dus beginnen sommigen zich extra aan te stellen als er géén meisjes bij zijn.

We doen bij gym nu een blok basketbal, met de jongens aan de ene en de meisjes aan de andere kant van de gymzaal. Een paar dagen geleden dacht Anton van Sloten dat het heel grappig was om Daniël Schoutens broek naar beneden te trekken, net toen die een vrije worp nam.

Iedereen behalve Daniël moest lachen, maar later pakte Daniël Anton terug bij een lay-up. Daarna brak de hel los en begon iedereen bij iedereen de broek naar beneden te trekken. Sindsdien is het VRESELIJK bij gym.

Iedereen is zo bang dat zijn broek naar beneden wordt getrokken dat niemand bij het basketballen nog durft op te staan.

Ik draag nu voor de zekerheid zelfs twee onderbroeken onder mijn joggingbroek.

Het is inmiddels zo uit de hand gelopen dat conrector De Koning vandaag naar de gymzaal kwam om de jongens een preek te geven. Hij zei dat dit een serieuze zaak was en dat iedere leerling die werd betrapt terwijl hij de broek van een ander naar beneden trok, geschorst zou worden.

Maar conrector De Koning had beter op moeten letten, want een of andere gast kroop stiekem onder de tribune en nam hem goed te pakken.

De schuldige wist te ontsnappen voor de conrector hem in zijn kraag kon grijpen. Niemand weet zeker wie het was, maar ze noemen hem nu allemaal de Gekke Broekentrekker.

Dinsdag

Die snoep-o-grammen worden nu al een week uitgedeeld en ik begin me zorgen te maken, want ik heb er nog geen één gekregen. Ik heb nog nooit aardappelpuree tegen het plafond gezwiept of iemands broek naar beneden getrokken, dus wat moet een jongen doen om indruk te maken tegenwoordig?

Het lijkt wel alsof verder elke jongen in mijn huiswerkklas een snoep-o-gram heeft gekregen. Zelfs Teun de Smet heeft er een, en die eet een pizzakorst uit de vuilnisbak op als je hem twintig cent geeft.

Toen oom Gerard een paar avonden geleden weer eens in mijn kamer zat te gamen, vertelde ik hem over het Valentijnsfeest en de snoepogrammen. En geloof het of niet, hij gaf me echt goed advies.

Oom Gerard zei dat je als je aandacht van een meisje wilt krijgen, moet doen alsof je 'bezet' bent. Hij zei dat ik een stel snoep-o-grammen moest kopen en die dan allemaal aan MEZELF moest sturen, zodat de meisjes zouden denken dat ik heel populair ben.

Ik had natuurlijk veel eerder met oom Gerard moeten praten. Hij is al iets van vier keer getrouwd geweest, dus hij is een relatie-EXPERT.

Gisteren kocht ik voor twee euro aan snoep-o-grammen en vandaag in de huiswerkklas werden ze bezorgd.

Ik hoop maar dat het werkt, want die twee euro was mijn lunchgeld.

Vrijdag

Woensdag had ik er al vijf euro doorheen gejaagd en ik realiseerde me dat ik als ik snoep-o-grammen voor mezelf bleef kopen, van de honger zou omkomen. Dus ik besloot om dit keer een snoep-o-gram voor een MEISJE te kopen en te kijken wat er gebeurde.

Dus gisteren kocht ik tijdens de lunchpauze een snoepogram en stuurde dat naar Adriënne Simons, die drie rijen voor me zit bij Engels. Maar ik wilde niet mijn hele vijfentwintig cent op één persoon inzetten, dus ik zorgde dat ik waar voor mijn geld kreeg.

Adriënne en Julia keken me allebei heel vuil aan toen ik vandaag de klas in liep, dus ik neem aan dat dat nee betekent voor hen allebei.

Maar toen bedacht ik dat een snoepogram niet de ENIGE manier is om een meisje mee naar het feest te vragen. Ik weet bijvoorbeeld dat Lianne Martens in de huiswerkklas op dezelfde plek zit als ik met geschiedenis. Dus ik liet een briefje voor haar achter op mijn tafeltje en dat kostte me geen cent.

Helaas was ik vergeten dat nablijvers ook in het geschiedenislokaal moeten zitten, dus een of andere idioot bemoeide zich ermee voor Lianne mijn briefje zelfs maar gelezen had.

Ik begin zo langzamerhand een beetje de zenuwen te krijgen, want het lijkt alsof er nu niet echt veel meisjes meer over zijn om uit te kiezen.

Eén meisje dat nog niemand heeft, is Erica Hulzebos. Ze heeft het net uitgemaakt met haar vriend, Joost de Rechte, die beroemd is op school omdat hij met zijn hoofd in een stoel heeft vastgezeten. De conciërge moest hem met een ijzerzaag bevrijden. Het staat zelfs in het jaarboek.

Benarde situatie. Meneer De Leeuw schiet Joost de Rechte te hulp, die tijdens handenarbeid bij mevrouw Van Maaren met zijn hoofd in een stoel vast kwam te zitten.

Erika is echt knap en ook heel aardig, dus vraag me niet hoe ze het in haar hoofd heeft gehaald om verkering te nemen met zo'n dombo als Joost.

Voor het feest ZOU ze boven aan mijn lijstje staan. Maar als het iets zou worden tussen haar en mij ben ik bang dat ik altijd aan haar ex-vriendje zou blijven denken en dat dat tussen ons in zou blijven staan.

Door die toestand met Erica Hulzebos begin ik me af te vragen welke andere meisjes een Joost de Rechte in hun verleden hebben. Het is bij mij op school moeilijk bij te houden wie allemaal met wie verkering heeft gehad, en dat is belangrijke informatie als je iemand zoekt om mee naar het feest te gaan. Dus ik maakte een schema van de verbanden tussen iedereen in mijn jaar.

Ik ben er nog lang niet, maar hier is de onvolledige versie.

Ik maak me vooral zorgen om Emiel Witkop. Ik hoorde hem opscheppen dat hij een heel stel meisjes uit ons jaar had gezoend.

Maar vorige week werd hij naar huis gestuurd omdat hij de waterpokken had. Ik wist niet eens dat je dat nu nog kon KRIJGEN. Dus WIE WEET hoeveel meisjes Emiel heeft besmet.

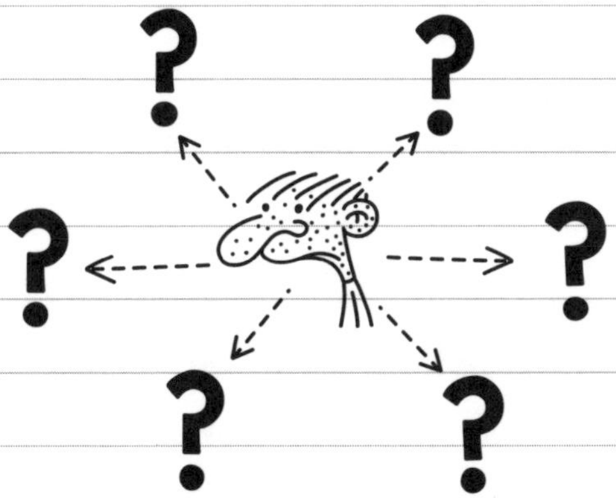

Van één meisje weet ik zeker dat Emiel haar nooit gezoend heeft en dat is Julie Weber, want die heeft al sinds groep zeven verkering met Edwin Bron. Maar ik heb gehoord dat het de laatste tijd niet zo goed gaat tussen die twee, dus ik ga er alles aan doen om dat proces een beetje te versnellen.

Dinsdag

Oom Gerard zegt dat ik het gewoon rechtstreeks aan een meisje moet vragen als ik met haar naar dat feest wil. Dat wilde ik nou juist vermijden, maar hij heeft waarschijnlijk wel gelijk.

Er is een meisje, Pien Eskes, dat ik altijd wel leuk heb gevonden, en toen ik haar gisteren water zag drinken bij het fonteintje bleef ik staan en wachtte geduldig tot ze klaar was. Maar Pien had me vast vanuit haar ooghoek zien staan en bedacht dat ik haar natuurlijk mee ging vragen naar het feest, dus ze bleef stug doordrinken en ik stond daar maar, als een sukkel.

Uiteindelijk ging de bel en moesten we allebei naar de les.

Ik ken Pien amper, dus misschien was het sowieso een slecht idee om haar mee te vragen. Ik besefte dat ik het beter kan proberen bij meisjes waar ik al een soort relatie mee heb. De eerste die in mijn hoofd opkwam was Babette Brink, mijn practicummaatje bij biologie.

Maar ik denk dat ik niet zo'n goeie indruk op Babette heb gemaakt. We zijn nu bezig met anatomie en de laatste paar dagen zijn we kikkers aan het ontleden. Ik word heel gauw misselijk van dat soort dingen, dus ik laat het ontleden aan Babette over terwijl ik zelf aan de andere kant van het lokaal ga staan en probeer niet over te geven.

Serieus, ik snap niet waarom we in deze tijd nog kikkers opensnijden om te kijken wat erin zit.

Als iemand tegen mij zegt dat er een hart en ingewanden in een kikker zitten, geloof ik hem op zijn woord.

Ik vond het wel cool dat ik Babette als practicum-maatje kreeg. Als een leraar op de basisschool een jongen en een meisje iets samen liet doen, werd de rest van de klas altijd helemaal GEK.

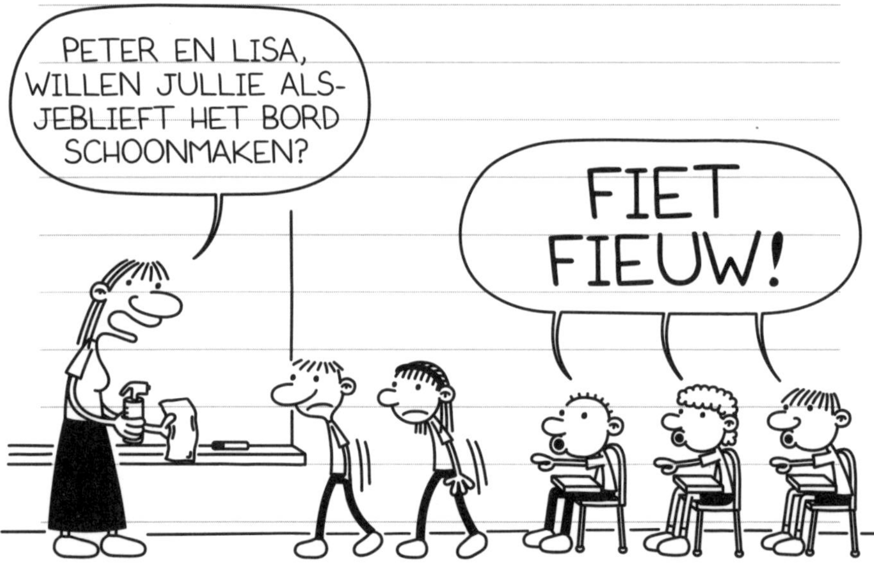

Toen ik aan Babette werd gekoppeld verwachtte ik net zo'n soort reactie van de klas. Maar blijkbaar is iedereen eroverheen gegroeid.

Ik heb natuurlijk geen indruk op Babette gemaakt met mijn ontleedvaardigheden, maar ik dacht dat ik misschien toch een kansje had bij haar. Ik wil niet opscheppen of zo, maar ik ben WEL een behoorlijk hilarisch practicummaatje.

Toen Babette gisteren aan het eind van de dag haar jas uit haar locker haalde, liep ik naar haar toe.

Ik moet toegeven dat ik het best eng vond om haar aan te spreken, ook al zitten we elke dag bij biologie drie kwartier naast elkaar. Maar nog voor ik een woord gezegd had, moest ik weer aan die kikkers denken. Dus het wordt niks tussen haar en mij.

Toen ik oom Gerard gisteravond vertelde wat er op school was gebeurd, zei hij dat mijn probleem was dat ik het alleen probeerde te doen. Ik heb volgens hem een 'versiermaat' nodig, iemand die me helpt een goeie indruk op de meisjes te maken, zodat het wat makkelijker is om ze mee uit te vragen.

Nou, ik denk dat Theo het PERFECTE versiermaatje voor me is, want ik maak al een goeie indruk als hij alleen maar zichzelf is.

Ik heb Theo vandaag gevraagd of hij mijn versiermaatje wil zijn, maar hij snapte het concept niet helemaal. Dus zei ik dat het lijkt op mijn campagneleider zijn, maar dan voor het feest.

Theo zei dat we misschien ELKAARS versiermaatje konden zijn, zodat we allebei een date krijgen voor het feest, maar ik zei dat we het een voor een moesten doen. Ik vind dat we mijn probleem eerst moeten oplossen, want het zou wel eens een langetermijnproject kunnen worden om Theo aan een date te helpen.

We hebben het versiermaatidee tijdens de lunch uitgeprobeerd, maar er valt nog een boel aan te verbeteren.

Donderdag

Toen we vandaag naar huis liepen, vertelde Theo dat een meisje van de feestcommissie had verteld dat Alicia de Greef het net heeft uitgemaakt met haar vriendje, en dat ze nu op zoek is naar een date voor het feest.

Kijk, dat is PRECIES waarom ik Theo als versiermaatje heb uitgekozen. Alicia is een van de populairste meisjes van de school, dus ik moest snel handelen om de andere sukkels uit mijn klas voor te zijn.

Toen ik thuiskwam belde ik meteen naar Alicia, maar er was niemand thuis. En de voicemail nam heel snel op, dus voor ik het wist stond ik een bericht in te spreken.

Ik drukte op de toets met het hekje om het bericht te wissen en opnieuw te beginnen. Maar mijn tweede bericht was ook niet echt geweldig.

Ik heb wel twintig berichten ingesproken, want ik wilde het helemaal goed doen. Maar Theo zat ondertussen in de kamer. Hij probeerde muisstil te blijven en iedere keer dat ik naar hem keek, ging ik helemaal plat.

Na een poosje hadden Theo en ik alleen nog maar de grootste lol en zaten de hele tijd te geinen.

Ik wist dat ik met geen mogelijkheid een serieus bericht kon inspreken met Theo erbij, dus ik wiste de laatste boodschap ook en hing op. Ik bedacht dat ik net zo goed tot morgen kon wachten om het Alicia dan persoonlijk te vragen.

Maar één ding wist ik niet. Bij ons wis je een bericht door op het hekje te drukken, maar bij de voicemail van de familie De Greef werkt dat blijkbaar niet zo. Dus na het eten stond Alicia's vader bij ons op de stoep.

Meneer De Greef zei tegen pap dat ik en mijn vriend twintig zogenaamd grappige berichten hadden ingesproken en dat hij het op prijs zou stellen als we nooit meer zouden bellen.

Ik denk dat ik Alicia wel van mijn lijstje kan schrappen.

Maandag

Oom Gerard zei dat ik mijn garderobe maar eens moest oppimpen als ik de meisjes op school de juiste signalen wilde geven. Hij krijgt altijd meer zelfvertrouwen van een nieuw overhemd of nieuwe schoenen en misschien werkt dat bij mij ook wel zo.

Het punt is dat ik niet echt veel nieuwe kleren HEB. Ik denk dat zeker 90% van wat ik draag eerst van Rick is geweest. Mam zou zeggen dat ik overdrijf, maar je hoeft maar naar de labels in mijn onderbroeken te kijken en het bewijs is geleverd.

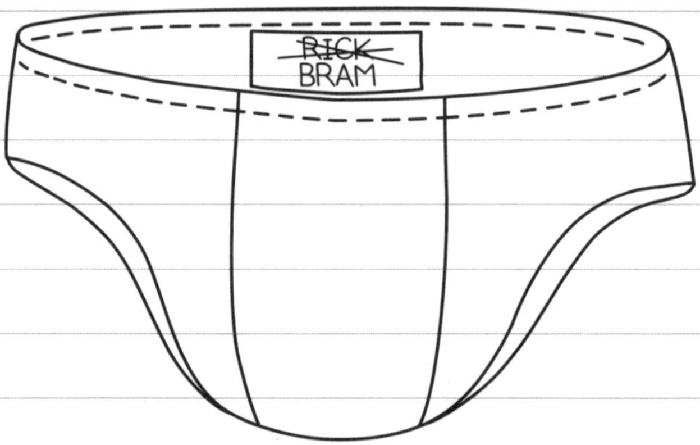

Het heeft me nooit veel kunnen schelen wat ik aanheb, maar door oom Gerard vraag ik me nu af of mijn kleren me misschien in de weg staan.

Dit weekend vroeg ik mam dus of we nieuwe schoenen en een nieuwe spijkerbroek konden gaan kopen omdat ik er een beetje cool uit wil zien op school, maar daar kreeg ik meteen spijt van.

Mam hield een lange preek over kinderen die te veel op hun uiterlijk gericht zijn. Ze zei dat ons land niet op nummer 25 zou staan op de internationale wiskunderanglijst als we half zoveel tijd besteedden aan ons leerwerk als aan de vraag wat we aan moesten.

Ik had kunnen weten dat mam niet meteen naar de winkel zou rennen om een stel nieuwe kleren voor me te kopen. Toen ze in de ouderraad zat, heeft ze zelfs een petitie ingediend om schooluniformen in te voeren, want ze had ergens gelezen dat kinderen die schooluniformen dragen beter presteren op school.

Gelukkig kreeg ze niet genoeg handtekeningen bij elkaar, maar toen eenmaal bekend werd dat mijn moeder die petitie had ingediend, moest ik een paar weken lang elke dag na school een halfuur wachten voor het veilig genoeg was om naar huis te lopen.

Omdat mam geen kleren voor me wilde kopen, besloot ik om thuis op zoek te gaan naar iets cools om aan te trekken.

Ik zocht eerst in Ricks kast, maar ik denk niet dat we dezelfde smaak hebben als het om kleren gaat.

Oom Gerard zei dat ik in paps kast moest kijken, want soms hebben volwassenen 'vintage' spullen die er echt cool uitzien. Ik heb pap in mijn hele leven nog nooit iets cools zien dragen, maar ik wilde het best proberen.

Ik ben echt blij met die tip van oom Gerard, want geloof het of niet, achter in paps kast vond ik PRECIES wat ik zocht.

Het was een ZWART LEREN JACK. Ik heb het pap nooit zien dragen, dus hij moet het voor mijn geboorte al gekocht hebben.

Ik had geen idee dat pap zoiets cools bezat, en ik zag hem plotseling in een heel ander licht.

Ik deed het aan en ging naar beneden. Pap leek heel verbaasd om zijn oude leren jack terug te zien. Hij zei dat hij het gekocht had toen hij net verkering had met mam.

Ik vroeg pap of ik het mocht lenen, en hij zei dat hij het toch niet meer nodig had, dus dat het wat hem betreft prima was.

Helaas was mam het daar niet mee eens. Ze zei dat dat jack veel te duur was voor een middelbare scholier en dat ik het stuk kon maken of kwijt kon raken.

Ik zei dat ik dat niet eerlijk vond, want het hing gewoon stof te vergaren in de kast, dus het gaf eigenlijk niet als er iets mee zou gebeuren. Maar mam zei dat het jack de 'verkeerde boodschap' uitzond en dat het bovendien helemaal geen winterjas was, dus ik moest het weer terughangen.

Maar toen ik vanmorgen onder de douche stond, moest ik steeds aan dat jack denken en hoe fantastisch het zou zijn om het naar school aan te doen. Ik wist dat ik het waarschijnlijk wel het huis uit kon sneaken en later weer terughangen zonder dat mam het in de gaten had.

Dus terwijl zij Max zijn ontbijt zat te voeren, ging ik naar boven, pakte het jack en glipte de deur uit.

Ten eerste moet ik toegeven dat mam gelijk had toen ze zei dat het geen winterjas is.

Dat ding had helemaal geen voering en onderweg begon ik al spijt te krijgen van mijn beslissing.

Mijn handschoenen zaten thuis in mijn winterjas en mijn handen BEVROREN gewoon. Dus ik duwde ze in de zakken van het jack, maar in allebei zat al iets.

In de ene zak zat een hele coole zonnebril, dus dat was een meevaller. In de andere zaten van die foto's die je in de fotocabine in het winkelcentrum kunt laten maken.

Eerst herkende ik de mensen op de foto's niet, maar toen begreep ik dat het pap en mam waren.

Ik wou maar dat ik ze niet had gezien, zo vlak na het ontbijt.

Op school keek iedereen me na terwijl ik door de gang liep.

Ik kreeg in feite zo veel aandacht dat ik besloot het jack de hele dag aan te houden. Ik voelde me heel iemand anders in de huiswerkklas.

Een paar minuten voor de bel ging, werd er hard op het kleine raampje in de deur geklopt.

Ik kreeg zowat een hartaanval toen ik zag wie het was.

Toen de leraar de deur opendeed, liep mam recht op mijn tafeltje af en eiste waar iedereen bij was paps leren jack terug.

Ik zei dat het veel te koud was om zonder jas naar huis te lopen, en dus gaf ze me HAAR jas.

Ik was niet echt blij met de hele situatie, maar ik had het op weg naar huis wel lekker warm.

Woensdag

Iedereen weet het inmiddels, van die jongen die de winterjas van zijn moeder aan moest. Dus nu wordt het nog veel moeilijker voor me om een date voor het feest te krijgen.

En daarom heb ik bedacht dat ik waarschijnlijk de meeste kans maak als ik met iemand naar het feest ga die NIET bij mij op school zit. En ik weet ook waar ik zo iemand het beste kan zoeken: in de kerk.

Ik heb gehoord dat de kinderen van de christelijke school denken dat de kinderen op de openbare school heel ruig zijn. Dus als ik in de kerk een van mijn vrienden tegenkom, doe ik altijd extra stoer.

Mam is onlangs bevriend geraakt met mevrouw Springer van de kerk, omdat ze samen de Herfstmarkt organiseerden.

De Springers hebben twee kinderen op de christelijke school: een jongen, Wesley, en een meisje, Lara. Ik heb Wesley nog nooit gezien, dus die zit tijdens de dienst vast in de kelder met de andere kleintjes.

Een paar dagen geleden heeft mam de familie Springer uitgenodigd om hier vrijdag te komen eten. Ze hoopt natuurlijk dat het zal klikken tussen Max en Wesley, zodat Max voor de verandering een keer een echt, levend vriendje heeft.

Maar ik zie hier ook een goeie mogelijkheid voor MIJ. Lara is net zo oud als ik en ze is knapper dan de meeste meisjes uit mijn klas. Dus dit etentje kan mijn kansen doen keren.

Vrijdag

Mam was al een hele tijd bezig om het huis voor te bereiden op het bezoek van de Springers en toen ik eens goed om me heen keek, snapte ik dat ik beter ook even mee kon helpen.

Het huis stond namelijk vol gênante dingen. Om te beginnen stond de kerstboom nog steeds in de woonkamer. Aftuigen was te veel werk, dus ik en pap propten hem gewoon in de garage.

Om alle scherpe hoeken van ons meubilair zaten nog luiers geplakt, van toen mam het huis babyproof had gemaakt omdat Max begon te kruipen.

Ze had die luiers met tape op hun plaats geplakt en DIE was er echt moeilijk af te krijgen.

Oom Gerard deed een dutje op de bank in de woonkamer, dus we legden een laken over hem heen en hoopten maar dat niemand daar wilde zitten.

Daarna was de keuken aan de beurt. Er hangt een prikbord aan de muur met allerlei certificaten en prijzen die mam ons in al die jaren heeft gegeven.

Alles met mijn naam erop is ontzettend sukkelig, dus ik haalde die dingen van de muur en verstopte ze in de bijkeuken.

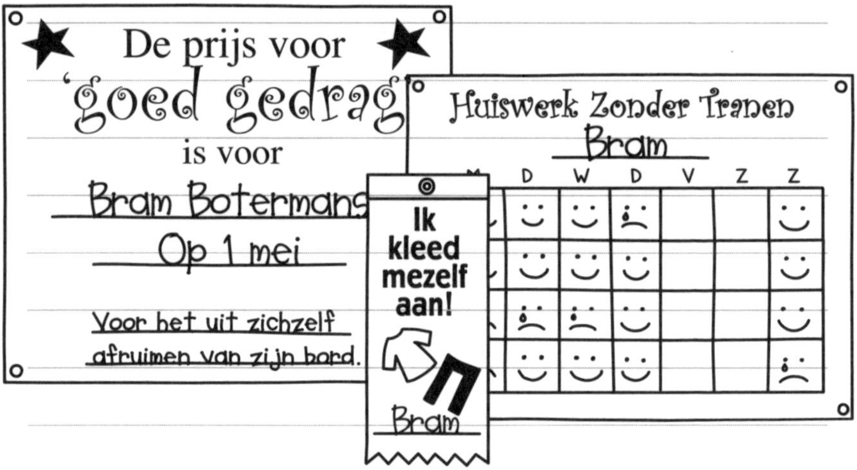

Tegen de tijd dat de Springers op de stoep stonden, hadden we de ergste dingen wel weggewerkt. Maar het bezoek begon niet echt geweldig. Weet je nog dat Max in de kerk bang was voor een jongetje dat een vampier nadeed? Nou, dat blijkt Wesley Springer te zijn.

Dus alle hoop dat Max een nieuw vriendje zou krijgen was meteen vervlogen. Max weigerde te komen eten en verstopte zich de rest van de avond in zijn kamer. Dat had ik ook wel gewild, want mam had heel luxe gekookt om indruk te maken op onze gasten.

Het was kip in champignonroomsaus met asperges. Ik weet dat asperges heel gezond moeten zijn, maar ik vind ze echt heel smerig.

Omdat ik niet wilde dat Lara dacht dat ik geen manieren had, besloot ik mijn ogen dicht te doen, mijn neus dicht te knijpen en het spul naar binnen te werken.

De volwassenen hadden het over politiek en meer van die oninteressante dingen en ik en Lara moesten daar maar zitten en ernaar luisteren.

Mam vertelde mevrouw Springer over een of ander duur restaurant waar pap en zij heen gaan als ze een 'afspraakje' hebben, en toen zei mevrouw Springer dat zij en meneer Springer nooit uit eten kunnen in het weekend omdat Lara dan de hort op is met vrienden en ze geen betrouwbare oppas voor Wesley kunnen vinden.

Ik zei tegen mevrouw Springer dat ze MIJ maar moesten bellen als ze ooit een oppas nodig hadden.

Ik dacht dat dat wel een mooie binnenkomer zou zijn bij de Springers, en dan nog betaald ook. Mam vond het ook een goed idee, ze zei dat oppassen een goede ervaring voor mij zou zijn. Mevrouw Springer leek aardig onder de indruk. Ze vroeg meteen of ik morgen vrij was en ik zei van wel.

Ik wil niet op de zaken vooruitlopen, maar ik weet zeker dat ik op een dag bij de Springers aan het kerstdiner zal zitten en dat we dan allemaal moeten lachen om die goeie ouwe tijd, toen ik op mijn zwager Wesley paste.

Zaterdag

Vanavond zette mam me om halfzeven bij de Springers af.

Mevrouw Springer zei dat Lara al naar een vriendin was en daar baalde ik van, want ik had gehoopt dat ik haar nog een paar minuten zou zien zodat ik het met haar over het feest kon hebben.

Mevrouw Springer zei dat ik Wesley om 20.00 uur in bed moest stoppen en dat ze rond 21.00 uur weer thuis zouden zijn. Ze zei dat ik tv kon kijken tot ze thuiskwamen en dat ik uit de koelkast mocht pakken wat ik maar wilde.

En toen gingen meneer en mevrouw Springer weg en zat ik daar alleen met Wesley. Ik vroeg of hij zin had in een spelletje of zo, maar hij zei dat hij naar de garage wilde om zijn fiets te pakken.

Ik zei dat het te koud was om buiten te gaan fietsen, maar toen zei hij dat hij BINNEN wilde fietsen. De Springers hebben echt een mooi huis en ik wist vrij zeker dat Wesley geen krassen mocht maken in hun houten vloeren. Dus ik zei dat hij maar iets anders moest bedenken.

Daarop kreeg Wesley een enorme woedeaanval. Toen hij wat gekalmeerd was, zei hij dat hij wilde kleuren. Ik vroeg waar zijn kleurspullen waren en hij zei in de bijkeuken. Maar toen ik ze ging halen, hoorde ik dat de deur achter me op slot gedraaid werd.

Toen hoorde ik de deur van de garage opengaan en voor ik het wist reed Wesley op zijn fiets door de keuken.

Ik bonkte hard op de deur, maar hij negeerde me gewoon.

Toen hoorde ik de kelderdeur opengaan, en een hoop gerommel, gevolgd door een ENORME klap. Ik kon Wesley horen huilen onder aan de trap en ik begon in paniek te raken, want het klonk alsof hij zich echt pijn had gedaan.

Maar toen kalmeerde Wesley en ik kon horen dat hij zijn fiets weer naar boven sleepte. Toen reed hij NOG een keer de trap af, weer met een boel lawaai, gevolgd door NOG MEER tranen.

Ik overdrijf niet als ik zeg dat dit anderhalf uur zo doorging. Ik dacht dat Wesley het wel zat zou worden, maar dat gebeurde niet. Ik herinnerde me dat de Springers hadden gezegd dat ze geen oppas voor Wesley konden krijgen en ik begon nu te begrijpen hoe dat kwam.

Ik vond dat ik Wesley wel straf moest geven omdat hij me in de bijkeuken had opgesloten. Zo gauw ik hier uit kwam dan. Wat hij VERDIENDE was een flink pak voor zijn broek, maar ik dacht niet dat de Springers daar blij mee zouden zijn.

Ik besloot dat ik Wesley een time-out zou geven, want dat deden mijn ouders vroeger ook altijd bij mij als ik stout was geweest. Ik kreeg zelfs time-outs van RICK toen ik klein was.

Weet je wat het is: ik wist helemaal niet dat Rick de MACHT niet had om me een time-out te geven. En je wil niet weten hoeveel uur ik op die time-outstoel heb moeten zitten als Rick op me paste.

Op een keer speelde ik binnen met een bal toen ik en Rick alleen thuis waren en gooide ik per ongeluk de trouwfoto van pap en mam kapot. DAAR gaf Rick me meteen een time-out van een halfuur voor.

Toen pap en mam thuiskwamen, zagen ze de kapotte foto en vroegen wie van ons tweeën dat had gedaan. Ik vertelde dat ik het had gedaan, maar dat ze me geen straf meer hoefden te geven omdat RICK dat al gedaan had.

Maar mam zei dat dat er maar twee mensen waren die mij straf konden geven en dat waren zij en pap, dus kreeg ik uiteindelijk TWEE keer een time-out voor dat kapotte fotolijstje.

Wesley had me in de bijkeuken opgesloten, dus ik vond dat hij wel een DRIEDUBBELE time-out had verdiend. Maar het werd al behoorlijk laat, en ik wist dat ik geen goeie beurt zou maken als ik nog steeds vastzat als de Springers thuiskwamen.

Ik begon naar een uitweg te zoeken. Een extra vriezer blokkeerde de deur naar het terras, dus ik duwde uit alle macht tot ik precies genoeg ruimte had om me erlangs te wringen en die deur open te doen.

Het was ontzettend koud buiten en ik had alleen een T-shirt en een spijkerbroek aan. Ik probeerde eerst de voordeur, maar die was op slot.

Ik besloot dat ik onverwacht toe moest slaan als ik dit ventje te pakken wilde krijgen. Ik liep dus om het huis heen en voelde aan alle ramen op de begane grond tot ik er een vond dat niet op slot zat. Ik duwde het open en kroop naar binnen.

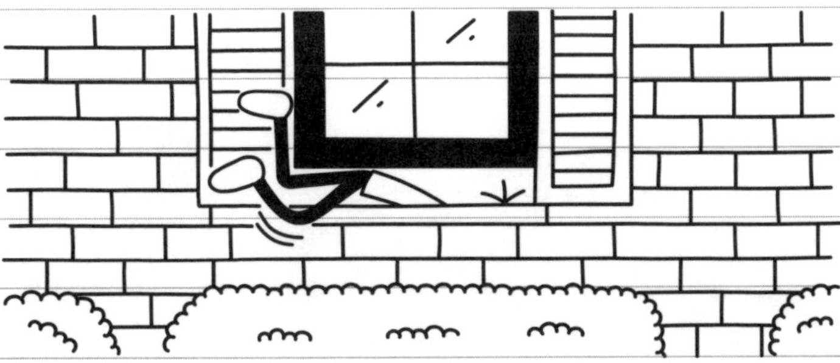

Ik viel voorover iemands slaapkamer binnen en toen ik even rondkeek besefte ik dat het die van Lara moest zijn.

Zoals ik al zei was het buiten steenkoud, dus voor ik achter Wesley aan ging moest ik eerst even opwarmen. Ik heb er nu alleen wel spijt van dat ik die paar minuten voor mezelf heb genomen, want toen ik in Lara's kamer was, kwamen meneer en mevrouw Springer thuis.

Hopelijk kunnen we hier ook allemaal om lachen tijdens dat toekomstige etentje. Maar ik denk dat het wel even duurt voor meneer Springer hier de lol van in kan zien.

Woensdag

Na die verpeste kans met Lara Springer dacht ik niet dat ik nog iemand zou vinden om mee naar het feest te gaan. Het is al over drie dagen, en inmiddels heeft iedereen al iemand gevonden. Dus ik dacht dat ik mijn zaterdagavond gewoon gamend door zou brengen.

Maar gisteren vertelde Theo me na een vergadering van de feestcommissie een nieuwtje dat ALLES veranderde.

Hij zei dat Anouk de Bruin helemaal overstuur was omdat de jongen die met haar naar het feest zou gaan, Michael Samson, familieverplichtingen had en het feest af moest zeggen. Dus nu had Anouk wel een jurk, maar geen date.

Ik hoef dus alleen maar ten tonele te verschijnen om mijn heldenrol te vervullen. Ik zei tegen Theo dat dit zijn grote kans was als mijn versiermaatje om mij aan Anouk te koppelen.

Het probleem is alleen dat Anouk mij niet echt kent en ik betwijfelde of ze met een onbekende naar het feest zou willen. Dus zei ik dat Theo moest zeggen dat we met z'n DRIEËN naar het feest konden gaan, als 'vriendengroep'.

Dat leek Theo ook een goed plan te vinden, want hij doet al dat werk voor de feestcommissie, maar hij had ook nog niemand om mee te gaan.

Ik bedacht dat we eerst uit eten konden gaan en dat Anouk dan in het restaurant zou zien hoe geweldig ik ben. Eenmaal op het feest zouden we dan als een echt stelletje naar binnen lopen.

Het enige probleem was dat we VERVOER nodig hadden. Mam ging ik zeker niet vragen, want de stoelen in onze minibus zitten vol aangekoekte chipito's. Bovendien zou het een totale ramp zijn om mam mee te hebben op mijn afspraakje.

Als ik echt indruk wilde maken op Anouk moest ik natuurlijk een limo huren, maar die dingen kosten een FORTUIN. Toen kreeg ik een idee.

Theo's vader heeft een mooie auto, dus ik bedacht dat HIJ ons kon brengen. Anouk zou niet eens hoeven weten dat hij Theo's vader is. Als we niks zeiden, zou zij denken dat hij een echte chauffeur was. Misschien kon ik zelfs zo'n chauffeurspet regelen om het nog echter te laten lijken.

We konden trouwens ook niks tegen meneer THORBECKE zeggen. Wij hebben geen beste herinneringen samen, en ik weet zeker dat hij geen zin heeft om mij een plezier te doen.

Vandaag begon alles op zijn plek te vallen. Theo heeft met Anouk gepraat en zij vindt dat hele idee van een 'vriendengroep' leuk. En meneer Thorbecke wil ons wel naar het feest rijden.

Dus nu duim ik maar dat er tussen nu en zaterdag niks gebeurt wat alles weer verpest.

Vrijdag

Ik heb oom Gerard over het feest verteld en hij lijkt er nog opgetogener over te zijn dan ik. Hij wilde van alles weten, bijvoorbeeld hoeveel mensen er komen en of ze een dj hebben ingehuurd. Maar ik wist dat allemaal niet, want Theo zit in de feestcommissie en die dingen zijn zijn afdeling.

Ik concentreerde me vooral op de vraag wat ik AAN moest. Oom Gerard zei dat ik, als ik indruk op mijn date wilde maken, een pak aan moest. Ik keek in Ricks kast en vond daar zowaar een pak dat hij naar een van oom Gerards trouwerijen had gedragen.

Ik kon geen luchtje vinden in Ricks rommella, maar ik vond WEL een bus van die deo waar ze op tv reclame voor maken. Toch was ik huiverig om die te gebruiken, want als dat spul echt werkt zoals in de reclame, dan zou het feest morgen in een nachtmerrie kunnen veranderen.

Mijn oudoom Kees is een paar jaar geleden overleden en ik wist dat we nog een doos met wat spullen van hem in de garage hadden staan. Ik vond een flesje van zijn eau de cologne en deed een klein beetje op mijn pols om het te proberen.

Ik rook precies hetzelfde als oom Kees, maar ik denk dat dit wel veiliger is dan die deo.

Ik vroeg zelfs of pap me naar de winkel wilde brengen, waar ik een doos van die Valentijns-chocolaatjes voor Anouk kocht. Maar ik had nooit het cellofaan eraf moeten halen, want ik heb inmiddels de chocolaatjes met karamel, die met butterscotch en de pindarotsjes opgegeten.

Hopelijk houdt Anouk van kokos en van die chocolaatjes die naar tandpasta smaken, want dat is alles wat er nu nog over is.

Zaterdag

Vanavond was het grote Valentijnsfeest en het begon meteen al HEEL slecht.

Toen ik bij Theo kwam voor de voorbereidingen, zag ik een paar kleine rode bultjes op zijn gezicht die eruitzagen als muggenbulten. Maar toen snapte ik opeens wat dat voor bultjes waren: WATERPOKKEN.

Sinds Emiel Witkop een paar weken geleden met waterpokken op school is verschenen, verspreidt het virus zich als een lopend vuurtje door mijn klas.

Afgelopen week zijn er vier jongens naar huis gestuurd door de schoolverpleegster. Ik weet zeker dat een van die jongens de Gekke Broekentrekker was, want er is sinds dinsdag geen broekentrekkerij meer geweest op school.

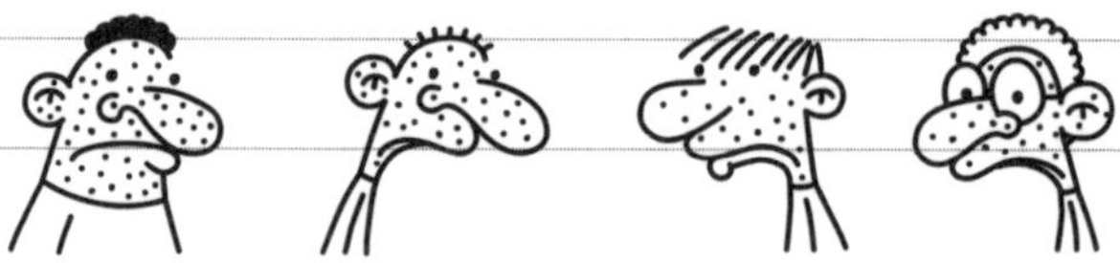

Ik heb gehoord dat waterpokken SUPER-besmettelijk zijn, en als je ze krijgt mag je minstens een week niet naar school. Maar Theo kon zelfs niet voor een AVOND uit de running zijn. Ik reed met hem mee naar het feest, en als zijn vader en moeder hem niet lieten gaan, dan kon ik dus ook niet.

Ik zei tegen Theo dat hij waterpokken had, maar ik had dat nieuws misschien iets voorzichtiger moeten brengen.

Theo wilde rechtstreeks naar beneden lopen om het aan zijn ouders te vertellen, maar ik zei dat hij rustig moest doen en dat we dit samen gingen oplossen.

Ik zei dat ik hem de rest van mijn leven dankbaar zou zijn als hij het vanavond nog aan niemand zou vertellen. Hij moest gewoon zijn waterpokken bedekken en geen herrie schoppen bij zijn ouders. We zouden samen naar het feest gaan, een geweldige tijd hebben en niemand hoefde er iets van te weten.

Maar Theo was zo hysterisch dat hij niet meer helder kon denken en ik moest hem twee kokos-chocolaatjes geven om hem te kalmeren.

Nu Theo eenmaal wist dat hij waterpokken had, werd hij GEK van de jeuk. Dus ik haalde twee sokken uit zijn la en deed die over zijn handen.

Toen bedacht ik dat Theo's vader en moeder waarschijnlijk wel wisten hoe waterpokken eruitzien en dat we een manier moesten vinden om ze te bedekken. Dus ik ging naar de badkamer en keek in de make-updoos van zijn moeder of er iets bruikbaars in zat. Ik vond iets wat 'camouflagecrème' heette en dat leek me prima.

Met een kwastje dat ik in een la vond probeerde ik de probleemgebieden in Theo's gezicht te camoufleren.

Maar je kon heel goed zien dat Theo make-up op had. Dus ik graaide een zijden sjaal van mevrouw Thorbeckes kast en zei dat Theo die om moest doen zodat zijn mond bedekt was. Toen zag ik dat hij ook waterpokken op zijn VOORHOOFD had, dus ik haalde een zonnehoed uit zijn moeders kast en zei dat hij die ook op moest doen.

Ik zal niet zeggen dat Theo er volkomen normaal uitzag, maar je kon in ieder geval niet zien dat hij waterpokken had.

Ik hield mijn adem in toen we in de auto stapten, maar ik denk dat meneer Thorbecke gewoon dacht dat Theo's outfit een modedingetje van de 'jeugd van tegenwoordig' was, want hij zei niets.

Toen ik het achterportier opendeed, zag ik tot mijn verbazing dat Theo's oude kinderzitje een van de plaatsen bezet hield.

Ik vroeg Theo waarom hij nog steeds een kinderzitje in de auto had en hij zei dat ze het er gewoon nooit uit hadden gehaald toen hij groot genoeg werd voor een gewone stoel. Nu ik erover nadenk, ik vond altijd al dat Theo zo groot leek als hij in hun auto langs kwam rijden.

Ik wist dat we dat ding eruit moesten halen voor we Anouk oppikten, want in een gehuurde limousine zit vast ook nooit een kinderzitje.

Maar je moest een of andere techneut zijn om te begrijpen hoe de gesp van dat ding los moest. Tegen die tijd waren we al behoorlijk laat, dus ik moest het laten zitten.

Toen we bij Anouks huis kwamen, zei ik tegen meneer Thorbecke dat hij moest toeteren, zodat ze wist dat we er waren.

Maar meneer Thorbecke wilde niet toeteren, want zo kun je een 'dame' niet behandelen, vond hij. Hij zei dat een van ons naar de deur moest om haar te 'escorteren'.

Theo wilde al uitstappen, maar ik besefte dat dit mijn kans was om een goede eerste indruk te maken op Anouk. Dus ik liep naar het huis en klopte op de deur.

Maar in plaats van Anouk deed haar VADER open. Meneer De Bruin is blijkbaar een politieagent, of misschien verkleedt hij zich alleen graag.

Meneer De Bruin zei dat Anouk nog even boven bezig was, maar dat ze zo beneden zou komen.

Hij vroeg me binnen en bood me een stoel aan terwijl ik wachtte. Het leek wel alsof we daar een UUR zaten voor Anouk beneden kwam en ik vond de handboeien die meneer De Bruin aan zijn riem had helemaal niks.

Uiteindelijk besloot ik dat het Valentijnsfeest al die stress niet waard was, en ik stond op het punt om ermee te kappen. Maar net toen ik weg wilde gaan, kwam Anouk de trap af.

Het eerste wat me opviel was dat Anouk zo'n enorme plofjurk aanhad. Ik wist meteen dat we never nooit met z'n drieën op de achterbank van meneer Thorbeckes auto zouden passen. Maar ze kregen me ook never nooit in Theo's kinderzitje, dus ik bood aan om voorin te gaan zitten. Ik wist trouwens dat meneer Thorbecke voorin stoelverwarming heeft, dus dat was een bijkomend voordeel.

Meneer Thorbecke had een stapel papieren op de bijrijdersstoel liggen. Hij was zeker van plan om tijdens het wachten zijn belastingaangifte te doen.

Het was veel te veel gedoe om al die spullen te verplaatsen, dus ik besloot toen maar om gewoon in de kofferbak te springen, zodat we konden vertrekken.

Het kon Anouk blijkbaar niks schelen dat Theo in het kinderzitje zat. Ik weet zeker dat ze dacht dat hij het voor de grap deed.

Maar humor is MIJN ding en ik was niet van plan om Theo met de eer te laten strijken.

Het werd nogal stil in de auto, dus ik vroeg meneer Thorbecke of hij de radio aan kon doen. Maar in plaats van muziek zette hij een of andere saaie praatzender op en daar moesten de we de rest van de rit naar luisteren.

Dat deed hij natuurlijk alleen maar omdat hij boos was dat ik 'chauffeur' tegen hem zei.

Theo en Anouk begonnen een gesprek, maar ik zat precies naast de speakers in de achterbak en kon daardoor niet goed horen wat ze zeiden.

Toen meneer Thorbecke de auto parkeerde, dacht ik dat we bij het restaurant waren. Maar we maakten een tussenstop bij een reparatiewinkel om meneer Thorbeckes stofzuiger op te halen.

Toen wou ik dat ik het geld voor een limo had opgehoest, want een beroepschauffeur zou nooit boodschappen doen op weg naar een restaurant.

Ik had gereserveerd bij Spriggo's, dat is dat chique restaurant waar pap en mam het altijd over hebben. Ik wist wel dat het aan de dure kant zou zijn, maar ik had een heleboel zakgeld gespaard met die klusjes en ik wilde indruk maken op Anouk door te doen alsof ik geld zat had.

Op het parkeerterrein deed meneer Thorbecke de achterklep voor me open. Maar toen ik uitstapte zag ik dat mijn pak onder de smeervlekken zat van de stofzuiger.

Ik wou geen sloeber lijken, dus ik liet mijn jasje in de auto liggen en liep met Anouk naar het restaurant. Ik hoopte nog dat Theo de hint zou snappen en met zijn vader in de auto zou blijven zitten, maar hij kwam gewoon achter ons aan.

Spriggo's was nog VEEL chiquer dan ik had verwacht. Toen we binnenkwamen, zei de gastheer dat dit een restaurant voor 'de betere kringen' was en dat heren verplicht waren een jasje te dragen.

Maar ik ging toch echt dat vieze jasje van mijn pak niet aandoen, dus ik vroeg de gastheer of hij voor deze ene keer een uitzondering kon maken. Hij zei dat dat niet kon, maar dat ik wel een reservejasje van het restaurant kon lenen. Hij gaf me er een en al was het een beetje te groot, ik deed het toch maar aan.

Toen we gingen zitten, rook ik een verschrikkelijke stank en ik probeerde te ontdekken waar die vandaan kwam. Toen realiseerde ik me dat IK het was. Dat leenjasje was natuurlijk honderd keer gebruikt door allerlei mensen en nooit gewassen.

Ik wilde tijdens het eten niet naar andermans lichaamsgeur ruiken, dus ik excuseerde mezelf en ging naar de toiletten. Ik boende het jasje onder de armen met zeep en water en blies het toen droog met de handdroger.

Nou, dat maakte het alleen maar ERGER, want de hitte had de stank nog verder verspreid.

Dat was de druppel voor mij. Ik zei tegen Anouk en Theo dat dit een patsertent was en dat we er gewoon vandoor moesten gaan.

Ik liet mijn jasje achter bij de gastheer en we liepen met z'n drieën de deur uit. Ik zei dat we het eten misschien maar over moesten slaan en meteen naar het feest moesten gaan, maar Anouk zei dat ze echt trek had en Theo zei dat HIJ ook zowat omkwam van de honger.

Het enige andere restaurant in de buurt was Jut&Juls en ik zei dat ik DAAR never nooit naartoe ging. Maar Theo zei dat hij het toetjesbuffet zo lekker vindt bij Jut&Juls en Anouk zei dat dat heerlijk klonk.

Ik begon er echt spijt van te krijgen dat Theo mee was op dit afspraakje, want als hij steeds Anouks kant koos, werd ik keer op keer weggestemd. Maar ik wilde er ook geen toestand van maken halverwege mijn date, dus ik verbeet me en we liepen drie straten verder naar Jut&Juls.

Gelukkig herinnerde ik me het stropdassenincident van pap net voor we naar binnen liepen, dus ik propte die van mij snel in mijn broekzak.

Maar ik had geen tijd meer om Theo te waarschuwen, dus nu maakt zijn das permanent onderdeel uit van de Muur van Schaamte.

Jut&Juls was een compleet GEKKENHUIS. Wij gaan meestal op een doordeweekse avond, maar dat is blijkbaar nog niks vergeleken met een zaterdag.

Het goeie nieuws was dat we geen kleine kinderen bij ons hadden en dat we dus niet in het Kinderstraatje werden gezet. Maar het gedeelte voor 'volwassenen' was niet veel beter. De twee gedeelten worden alleen van elkaar gescheiden door een glasplaat en wij kwamen naast een gezin met een stelletje losgeslagen kinderen terecht.

Ik vroeg onze serveerster of we ergens anders konden zitten en ze zette onze spullen met een zuur gezicht op een ander tafeltje. Maar we hadden beter kunnen blijven zitten, want onze nieuwe plek was geen verbetering.

Ik wilde niet vragen of we NOG een keer konden verkassen, want de laatste die je kwaad wilt maken is degene die je je eten komt brengen. Dus ik zette een paar menu's tegen de glasplaat om mijn uitzicht te blokkeren.

Onze serveerster bracht tacochips en Theo deed de sokken van zijn handen zodat hij kon eten. Het leek me alleen niet zo'n goed idee om allemaal chips uit dezelfde bak te graaien terwijl Theo waterpokken had, dus ik hield het mandje dicht bij me.

Steeds als het leek alsof Theo een chipje wilde, duwde ik er een naar hem toe met een rietje.

Ik kon me niet herinneren of waterpokken konden vliegen, dus als Theo iets zei, hield ik steeds mijn adem in.

Op een bepaald moment vertelde hij een heel lang verhaal over iets wat hij vorige zomer had meegemaakt en tegen het eind viel ik bijna flauw.

Ik zei tegen Anouk en Theo dat ik het eten zou betalen en dat ze alles konden nemen waar ze zin in hadden. Ik probeerde een beetje indruk op Anouk te maken door met geld te smijten.

Maar toen de serveerster terugkwam, bestelde Anouk TWEE voorgerechten en Theo ook.

De serveerster kon Theo niet verstaan vanwege de sjaal en hij trok hem naar beneden om met haar te praten. Maar toen hij dat deed, vloog er één molecuul spuug de lucht in, die op mijn onderlip landde.

Ik liet mijn kaak helemaal slap hangen zodat die molecuul niet in mijn mond zou komen. Vanbuiten probeerde ik kalm te blijven, maar vanbinnen ging ik compleet over de rooie.

Ik wilde mijn lip afvegen aan mijn servet, maar die had ik op de grond laten vallen en ik kon er niet bij. Dus ik wachtte tot Anouk even was afgeleid en veegde mijn lip toen aan haar mouw af.

Ik nam een hamburger met niks om geld te besparen. Maar Anouk wilde de steak, het duurste op de kaart, en Theo ook, ook al probeerde ik naar hem te seinen dat hij iets goedkoops moest nemen.

Toen ons eten werd gebracht, zat er sla en tomaat op mijn hamburger, want bij Jut&Juls nemen ze ALTIJD je bestelling verkeerd op. Ik haalde de sla en de tomaat eraf, maar er zat ook nog mayonaise op.

Toen onze serveerster weer langskwam, zei ik tegen haar dat ik een burger met niks erop had besteld. Dus ze veegde de mayo eraf met een servet, die ze toen ook nog midden op tafel liet liggen.

Daarna had ik geen zin meer in eten. Maar als ik WEL honger had gehad, had ik mijn eten ook niet opgegeten. Als je bij Jut&Juls je bord leeg eet, zie je namelijk dat plaatje waar ik zo'n pesthekel aan heb.

Ik zat dus gewoon te wachten tot Theo en Anouk hun steak ophadden en toen ze klaar waren gaf ik de serveerster een seintje, want ik wilde de rekening vragen.

Maar toen zeiden Theo en Anouk dat ze nog een toetje wilden. We waren hiernaartoe gegaan vanwege het toetjesbuffet, en dat is gratis bij je maaltijd. Maar Theo en Anouk wilden natuurlijk allebei een SPECIAAL toetje van de kaart, en daar moet je extra voor betalen.

Ik stond op en ging naar onze serveerster om te vertellen dat Theo vandaag jarig was, want ik wist dat hij zijn toetje dan gratis kreeg. Dus een paar minuten later kwamen alle medewerkers naar onze tafel. Ze zongen 'Lang zal hij leven' voor Theo en gaven hem zijn gratis stuk taart.

Anouk bestelde toch nog een stuk chocoladetaart met drie lagen waar ze maar twee hapjes van nam.

Toen de rekening kwam, kon ik niet GELOVEN hoe duur het was. Ik was al mijn geld kwijt, ook de vijf euro voor noodgevallen die ik in mijn sok had gestopt.

De serveerster wilde het geld uit mijn sok niet aannemen omdat het een beetje nat was, dus ik moest naar de auto om aan meneer Thorbecke te vragen of hij een briefje van vijf wilde wisselen.

Toen ik weer bij ons tafeltje kwam, waren Theo en Anouk diep in gesprek en het leek alsof ze ietsje dichter bij elkaar zaten dan toen ik wegging.

Ik dacht erover om naar Anouk te seinen dat ze beter bij Theo uit de buurt kon blijven, maar ik was bang dat ze ons allebei zou laten zitten als ze het ontdekte van die waterpokken.

We stapten alle drie weer in de auto. Meneer Thorbecke reed ons naar school en zette ons voor de deur af. Hij gaf Theo een stevige knuffel en dat vond Anouk vast heel raar, als ze tenminste nog steeds dacht dat hij een beroepschauffeur was.

Het thema van de avond was 'Middernacht in Parijs' en ik moet toegeven dat de feestcommissie puik werk had geleverd. De gymzaal was zo versierd dat hij op een Franse straat leek. Er stond een lange tafel met bowl en allerlei lekkere hapjes, en er was zelfs een chocoladefontein waar je met aardbeien in kon dippen.

We gaven onze kaartjes af en gingen toen in de rij staan voor de foto's. Er werd van elk stel een foto gemaakt met Parijs op de achtergrond.

Toen wij aan de beurt waren, ging ik klaarstaan met Anouk en de fotograaf drukte af. Maar ik wou dat ik had geweten dat Theo OOK op de foto kwam, want dan had ik de moeite niet eens genomen.

De dj kwam me bekend voor, en toen ik dichterbij kwam zag ik dat het oom Gerard was. Vraag me niet hoe HIJ dat baantje heeft gekregen.

Oom Gerard zag het vast als een mogelijkheid om zijn T-shirts aan mijn medeleerlingen te slijten. Het was donker in de gymzaal, dus die lui wisten niet dat ze werden afgezet.

Anouk stond misschien een minuut naast me en toen was ze opeens verdwenen. Uiteindelijk ontdekte ik haar aan de andere kant van de gymzaal, waar ze met haar vriendinnen stond te kletsen.

Ik liep naar ze toe, maar voor ik bij haar was gingen ze allemaal tegelijk de meisjes-wc's in.

Ik heb geen idee waarom meisjes altijd in groepen naar de wc gaan, maar het feit dat het NU gebeurde maakte me zenuwachtig.

Ik wist niet wat Anouk van me vond, maar ik had zo'n idee dat ze dat op dat moment aan haar vriendinnen stond te vertellen. Bij de gymzaal liggen de jongens-wc's precies naast de meisjes-wc's, dus ik ging daar naar binnen en legde mijn oor tegen de muur.

Ik hoorde een boel gegiechel, maar ik kon niet verstaan wat ze zeiden door alle herrie in de jongens-wc.

Ik probeerde iedereen op te laten houden met lawaai maken, maar dat had geen zin.

Het werd stil aan de andere kant van de muur, dus ik liep terug naar de gymzaal. Nu stonden Anouk en haar vriendinnen bij de bowl.

Om 19.50 uur draaide oom Gerard het volume wat hoger, en het zag ernaar uit dat het feest nu echt ging beginnen. Maar toen begonnen er mensen van de leeftijd van mijn oma binnen te druppelen.

Tegen 20.00 uur dromden er zeker honderd bij de ingang samen. Het leek alsof er ruzie was tussen een van de leraren en een paar 65-plussers, dus ik kwam dichterbij om te horen wat er aan de hand was.

De 65-plussers beweerden dat zij de gymzaal hadden gereserveerd voor een vergadering over het nieuwe bejaardencentrum. Mevrouw Van het Schip zei dat zij de gymzaal twee weken geleden voor het feest had gereserveerd.

Maar de 65-plussers zeiden dat zij hem twee MAANDEN geleden al hadden geboekt, en dat ze de papieren hadden om het te bewijzen. De mensen van het bejaardencentrum zeiden zelfs dat wij uit de gymzaal moesten zodat zij hun vergadering konden houden.

Maar toen ging een van de meisjes van de feestcommissie zich ermee bemoeien en het leek er even op dat de boel uit de hand zou lopen.

Net voor de bom barstte, stelde mevrouw Van het Schip een compromis voor. Ze zei dat we de scheidingswand in het midden van de gymzaal dicht konden trekken en dat de 65-plussers hun vergadering dan in de ene helft konden houden terwijl wij in de andere helft feest konden vieren.

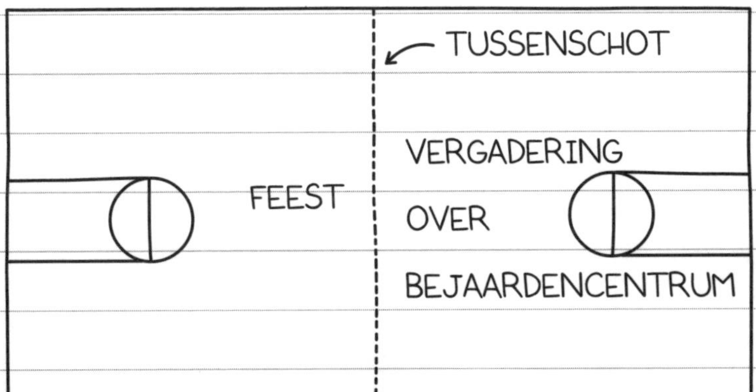

Daar kon iedereen blijkbaar wel mee leven, en de conciërge trok de scheidingswand dicht.

Dat we de helft van de gymzaal kwijt waren was al een afknapper, maar de sfeer werd pas echt verpest door het LICHT. Er is maar één schakelaar voor alle plafondlampen in de gymzaal, dus ze zijn óf allemaal aan óf allemaal uit. En de 65-plussers wilden ze aan voor hun vergadering, dus dat was het einde van het 'Middernacht in Parijs'-gevoel aan onze kant van de gymzaal.

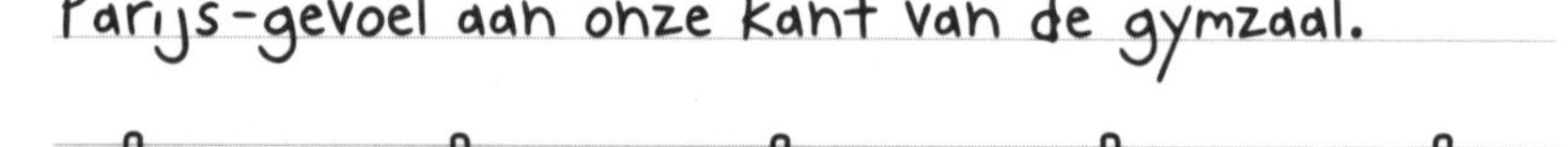

De felle lichten waren ook slecht voor oom Gerard, want nu konden alle kinderen die een T-shirt van hem gekocht hadden zien dat ze waren afgezet, en ze begonnen hun geld terug te eisen.

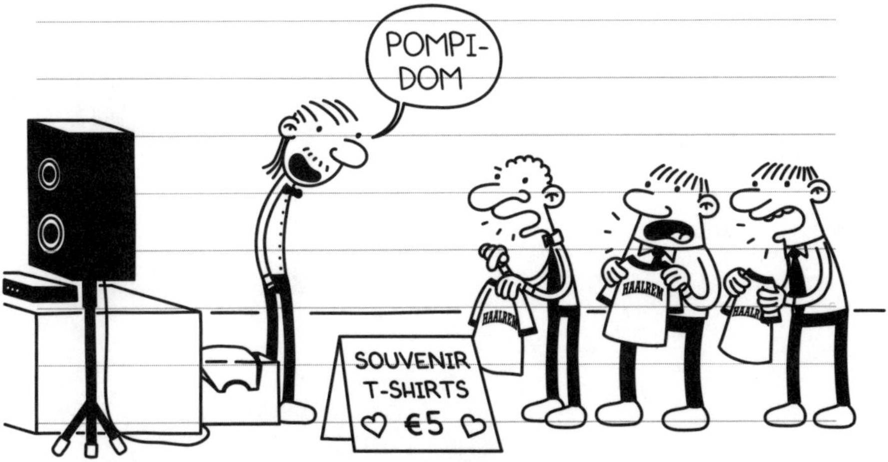

Om iedereen af te leiden, zette oom Gerard de muziek lekker hard en de dansvloer stroomde vol.

De meisjes dansten in een grote groep midden in de gymzaal. Af en toe probeerde een jongen zich al dansend een weg naar binnen te banen, maar de meisjes hadden een soort muur gevormd die de jongens buiten hield. Ik had dat eerst niet echt door, tot ik zelf met een paar danspassen in de kring probeerde te komen en totaal geblokkeerd werd.

Een van de 65-plussers kwam naar onze kant van de gymzaal en klaagde dat de muziek te hard stond en dat we echt veel zachter moesten doen.

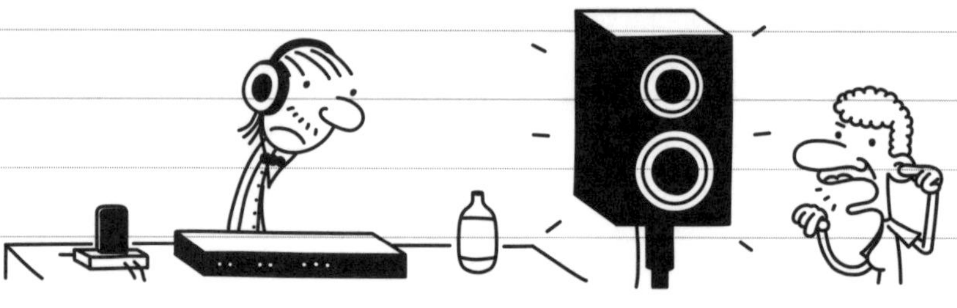

Dus draaide oom Gerard het geluid 80% lager en toen konden we elk woord van de vergadering over het bejaardencentrum letterlijk verstaan.

Toch hadden de meisjes daar blijkbaar geen last van. Een heleboel pakten hun eigen mp3-spelers en dansten gewoon verder.

De jongens waren het inmiddels helemaal zat. Ze hadden zich voor de meisjes urenlang netjes gedragen, maar nu hielden ze het niet meer. De meeste jongens gingen volkomen door het lint.

Mevrouw Van het Schip en de andere leraren probeerden de jongens te kalmeren, maar dat had geen enkele zin. Ze gedroegen zich als wilden, het begon zelfs gevaarlijk te worden.

Ik dacht erover om naar de tribune te gaan om niemand in de weg te lopen, maar op dat moment sloeg de Gekke Broekentrekker weer toe en ik besloot dat ik beter kon blijven waar ik was.

Af en toe kwamen er nog een paar laatkomers binnen, en die draaiden zich meteen weer om als ze zagen hoe het er in de gymzaal aan toe ging. Maar tegen 21.00 uur kwam Michael Samson binnen, hand in hand met Saskia Fagel.

Michael was de jongen met wie Anouk EIGENLIJK naar het feest zou gaan, maar dat verhaaltje over die 'familieverplichtingen' was blijkbaar een leugen.

En aan de blik op zijn gezicht te zien had hij ook niet verwacht dat Anouk er zou zijn.

Daarna was het één groot drama. Michael liet zijn date staan en ging ervandoor, en Anouk stond een halfuur lang haar ogen uit haar hoofd te huilen in een hoekje van de gymzaal.

Ik deed wat ik kon om Anouk op te vrolijken, maar er stond een hele troep meisjes om haar heen, dus ik weet niet of ze het gemerkt heeft.

Net op dat moment was de vergadering over het bejaardencentrum afgelopen, en een paar 65-plussers dwaalden af naar onze kant van de gymzaal en begonnen van het lekkers te eten.

Ze hadden de aardbeien al heel snel op, en toen was er niets meer over om in de chocoladefontein te dopen.

Dus staken de jongens gewoon hun vingers in de fontein. Het leek Jut&Juls wel.

Eén jongen verloor zijn contactlens in de fontein en iedereen moest een stap achteruit doen, zodat mevrouw Van het Schip de lens eruit kon vissen als hij het rondje gemaakt had.

Omdat de vergadering voorbij was, zette oom Gerard de muziek weer harder.

Maar toen begonnen de oudjes verzoeknummers aan te vragen en voor we het wisten was ons Valentijnsfeest overgenomen door 65-plussers.

Ik stond toe te kijken vanaf mijn plekje tegen de muur en vroeg me af waarom ik ook al weer naar dit feest had gewild. Ik kreeg er ook spijt van dat ik de deo uit Ricks la niet op had gedaan, want de eau de cologne van oudoom Kees trok mensen aan van buiten mijn eigen leeftijdsgroep.

Het was bijna 22.00 uur en oom Gerard kondigde aan dat hij het laatste plaatje van de avond ging draaien. Toen de muziek begon, gingen er een paar stelletjes de dansvloer op. Dat was de hele avond nog niet gebeurd.

Ik kon niet wachten tot het liedje was afgelopen, want dit feest was een totale ramp en ik wilde alleen nog maar naar huis en even lekker gamen om deze hele ervaring uit mijn geheugen te wissen.

Maar net toen ik dacht dat het allemaal niet nóg erger kon worden, zag ik Rosa Vogel recht op me afkomen.

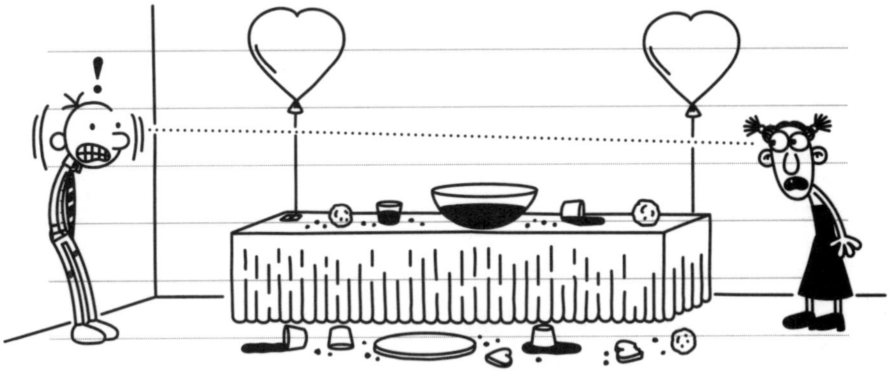

Ik wist niet of ze me ten dans ging vragen of dat ik iets gedaan had waar ze kwaad om was, maar ik had geen zin om gebeten te worden op een schoolfeest.

Ik zocht een uitweg, maar ik zat in de val. Gelukkig kwam Anouk precies op dat moment de wc's uit en net voor Rosa bij me was, greep ik haar hand.

Anouks make-up was helemaal uitgelopen door al het huilen, maar dat kon me niks schelen. Ik was gewoon blij met een excuus om bij Rosa weg te komen. En ik denk eerlijk gezegd dat Anouk ook blij was om mij te zien, dus ik leidde haar naar een lege plek op de dansvloer.

Ik had nog nooit met een meisje geschuifeld, dus ik wist niet waar ik mijn handen moest laten. Anouk legde die van haar op mijn schouders en ik deed die van mij in m'n zakken, maar dat voelde behoorlijk suf. Dus uiteindelijk kozen we voor de gulden middenweg, en dat leek wel zo'n beetje goed.

Toen zag ik iets op Anouks kin. Het was een klein rood bultje en het zag er PRECIES zo uit als een van Theo's waterpokken.

Voor ik zeg wat er daarna gebeurde, wil ik ter verdediging aanvoeren dat ik al heel erg gespannen was vanwege dat hele waterpokkengedoe.

Maar ik moet toegeven: ik heb MISSCHIEN wel een beetje te heftig gereageerd.

Maar wat bleek? Het WAS helemaal geen waterpok. Het was gewoon een pukkel. Haar make-up was van haar kin gespoeld door al dat huilen.

Nou ja, NU weet ik dat wel, maar iedereen die in mijn schoenen stond had waarschijnlijk precies hetzelfde gereageerd.

Maar ik denk niet dat Anouk er zo over dacht, want op weg naar huis had ze niet veel zin om met me te praten.

Toen we bij Anouks huis kwamen, bracht Theo haar naar de voordeur. Dat vond ik wel best, want dat gaf mij de kans om de rest van de chocolaatjes op te eten. Ik VERGING namelijk van de honger na de avond die ik net had gehad.

Woensdag

Er is een boel gebeurd sinds het Valentijnsfeest.

Een paar dagen geleden kocht oom Gerard een stapeltje krasloten met het geld van de T-shirts en met een van die loten won hij dertigduizend euro. Dus hij betaalde pap terug wat hij hem schuldig was, wenste mij geluk met de 'dames' en ging het huis uit.

En er is nog meer groot nieuws: ik heb de waterpokken. En niet zo'n beetje ook.

Ik weet niet precies hoe ik ze gekregen heb, maar ik hoop echt dat het niet via Theo is, want ik word niet blij van het idee dat een stelletje van Theo's viruscellen mijn immuunsysteem aanvalt.

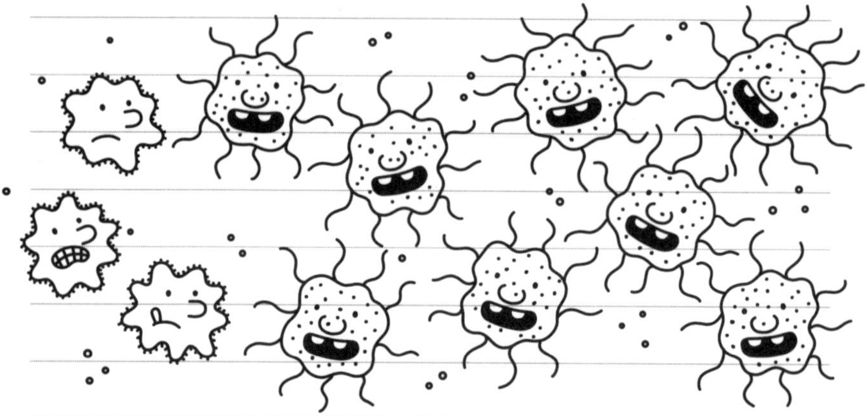

Maar ik weet bijna zeker dat ik ze NIET van Theo heb. Ik heb hem de laatste dagen voorbij zien lopen, op weg naar school, en zover ik kan zien heeft hij make-up van zijn moeder op zijn kin. Dus die rode bultjes waren misschien puistjes, net als bij Anouk.

Trouwens, over Anouk en Theo gesproken, ik heb gehoord dat die twee nu een stelletje zijn. Als dat waar is, is Theo het allerslechtste versiermaatje aller tijden.

Ik mag minstens een week niet naar school. Het goede nieuws is dat ik als iedereen het huis uit is, eindeloos in bad kan zonder dat iemand me lastigvalt.

Maar ik moet toegeven dat dat ronddrijven niet zo geweldig is als ik het me herinner, en al na een uur wordt je huid helemaal rimpelig. Dus vraag me niet hoe ik zo negen maanden heb kunnen leven.

Plus, ik voel me een beetje eenzaam, zo de hele dag alleen thuis. Ik DENK tenminste dat ik alleen ben. Vandaag had ik een schone handdoek naast het bad gelegd, maar toen ik mijn ogen opendeed was hij weg.

Dus óf iemand speelt een spelletje met me, óf Jan Gouda is weer bezig.

DANKWOORD

Ik bedank mijn geweldige familie voor alle aanmoediging en voor de lol die we altijd hebben. Er zijn heel wat van onze verhalen in deze boeken vervlochten en het was echt leuk om dit avontuur met jullie te delen.

Ik bedank iedereen bij Abrams omdat ze deze boeken met zo veel zorg uitgeven en er zo alles uithalen wat erin zit. Bedankt Charlie Kochman, dat je elk boek weer behandelt alsof het het eerste is. Bedankt Michael Jacobs, voor alles wat je gedaan hebt om Bram Botermans op de toppen van zijn kunnen te laten presteren. Bedankt Jason Wells, Veronica Wasserman, Scott Auerbach, Chad W. Beckerman en Susan Van Metre voor jullie toewijding en kameraadschap. We hebben een boel lol gehad en er staat ons nog meer te wachten.

Ik bedank iedereen op mijn werk – Jess Brallier en het hele team van Poptropica – voor jullie steun, kameraadschap en toewijding aan het scheppen van geweldige verhalen voor kinderen.

Bedankt Sylvie Rabineau, mijn geweldige agente, voor je steun, aanmoediging en begeleiding. Bedankt Elizabeth Gabler, Carla Hacken, Nick D'Angelo, Nina Jacobsen, Brad Simpson en David Bowers omdat jullie Bram Botermans en zijn familie tot leven hebben gebracht op het witte doek.

Bedankt Shaelyn Germain, dat je alles achter de schermen op rolletjes laat lopen en mij op zoveel manieren bijstaat.

OVER DE SCHRIJVER

Jeff Kinney ontwerpt en ontwikkelt online games en stond met de boeken van de Loserserie op nummer 1 van de *New York Times*-bestsellerlijst. *Time Magazine* heeft Jeff uitgeroepen tot een van de 100 meest invloedrijke mensen ter wereld. Hij is ook de oprichter van Poptronica.com, dat door *Time Magazine* werd uitgeroepen tot een van de 50 beste websites. Hij is opgegroeid in de omgeving van Washington D.C. en in 1995 verhuisd naar New England. Jeff woont in het zuiden van Massachusetts met zijn vrouw en hun twee zonen.